六畳間の侵略者!? 45

復活したマクスファーンの
足跡を追え!
少数精鋭による潜入任務を
遂行せよ――!

潜入作戦の心強い味方！

ウサギ型メカの名は
〝ルースさん〟!?

「それじゃあ、早速出発しましょうか」

『はい。御武運をお祈りしています』

六畳間の侵略者!?45

健速

HJ文庫
1147

口絵・本文イラスト　ポコ

もくじ

キャラクター勢力図
笠《かさ》置《ぎ》静《しず》香《か》
孝太郎の同級生で
ころな荘の大家さん。
その身に
火竜帝アルゥナイアを宿す。
クラノ＝キリハ
想い人をついに探し当てた地底のお姫様。
明晰な頭脳によって
恋の駆け引きでも最強クラス。
地底人（大地の民）
里《さと》見《み》孝《こう》太《た》郎《ろう》
ころな荘一〇六号室の、
いちおうの借主で
主人公で青騎士。
松《まつ》平《だいら》賢《けん》治《じ》
孝太郎の親友兼悪友。
ちょっとチャラいが、
良き理解者でもある。
松《まつ》平《だいら》琴《こと》理《り》
賢治の妹だが、
兄と違い引っ込み思案な女の子。
新一年生として
吉祥春風高校にやってくる。
孝太郎の幼なじみ

ころな荘の住人
藍華真希《あいかまき》
元・ダークネスレインボゥの
悪の魔法少女。
今では孝太郎と心を通わせた
サトミ騎士団の忠臣。
幽霊状態
魔法少女
（フォルサリア魔法王国）
虹野《にじの》ゆりか
愛と勇気の
魔法少女レインボーゆりか。
ぽんこつだが、決めるときは決める
魔法少女に成長。
東本願早苗《ひがしほんがんさなえ》
孝太郎に憑りついていた幽霊の女の子。
今は本体に戻って元気いっぱい。
幽霊少女
ティアミリス・
グレ・
フォルトーゼ
青騎士の主人にして、
銀河皇国のお姫様。
皇女の風格が漂ってきたが、
喧嘩っ早いのは相変わらず。
ルースカニア・ナイ・
パルドムシーハ
ティアの付き人で世話係。
憧れのおやかたさまに
仕えられて大満足。
クラリオーサ・
ダオラ・
フォルトーゼ
二千年前のフォルトーゼを
孝太郎と生き抜いた相棒。
皇女としても技術者としても
成長中。
アライア姫
ナルファ・
ラウレーン
正式にフォルトーゼからやってきた留学生。
孝太郎達とは不思議な縁があるようで……？
桜庭晴海《さくらばはるみ》
二千年の刻を超えた
アライア姫の生まれ変わり。
大好きな人と普通に暮らせる今が
とても大事。
宇宙人（神聖フォルトーゼ銀河皇国）

しばらく待機中!?

ROOM No.106
CORONA-SOU

宣戦布告と幼馴染みと　十二月十四日(月)

孝太郎《こうたろう》にとって、ラルグウィンは憎《にく》むべき敵である筈《はず》だった。ラルグウィンはずっとヴァンダリオンを支え続け、彼《かれ》が倒《たお》れた後はその後を引き継《つ》いだ。許されざる行為《こうい》にも、幾《いく》つも手を染めている。テロ行為や各種の犯罪を繰り返し、その結果多くの犠牲者《ぎせいしゃ》を出していた。彼には正当に裁判を受け、その罪を償《つぐな》う義務がある。そしてそうなれば、恐《おそ》らく彼は死刑《しけい》になる筈だった。

だがラルグウィンがグレバナスに連れて行かれた時、孝太郎は納得《なっとく》出来なかった。そして強い怒《いか》りを覚えた。大まかに見れば生《い》け贄《にえ》でも裁判でも、死ぬ未来には変わりがないのかもしれない。しかし孝太郎は、そこには大きな違《ちが》いがあるように感じていた。加えてラルグウィンが最後に見せた、ファスタを大切にしている姿。それだけではない。ラルグウィンはずっと、仲間の事だけは裏切らずにきた。それにヴァンダリオンに従い、後を継いだのも彼が師であるとともに家族でもあったからだ。それらの点だけは孝太郎にも共感出来るものだった。

そうした事から、孝太郎はラルグウィンが生け贄にされる事は間違《まちが》っているように感じていた。やった事の責任を取って死刑になるのはある程度仕方のない事だ。納得はし辛《づら》いが、孝太郎にも分からない事ではなかった。ラルグウィンが取り返しのつかない事をしてきたのは事実なのだ。しかしマクスファーンの蘇生《そせい》に使われる形の死には絶対に納得がいかない。グレバナスに魂《たましい》を踏《ふ》み躙《にじ》られるような死に方は、正当な償いではない。グレバナスにもそんな事をする権利はない。かといってあの時ファスタが犠牲《ぎせい》になれば良かったという訳でもないのだ。孝太郎としてはファスタに死んでほしくなかったし、彼女《かのじょ》自身もラルグウィンが何よりも大切にしてきた仲間の一人だったから。

だからいつも、孝太郎の悩《なや》みは堂々巡《どうどうめぐ》りに陥《おちい》る。そして毎回答えが出ない。だからあれからずっと孝太郎は不機嫌《ふきげん》だった。

――ラルグウィンが連れて行かれるのも、ファスタさんが死ぬのも、どちらも間違いだ。だが、あの時他にどうすれば良かったんだ……？

この時もそう。孝太郎は談話室のソファーに座《すわ》り、一人で考《かんが》え込《こ》んでいた。

「……今日も里見《さとみ》君は難しい顔をしていますね」

「里見君って意外と繊細《せんさい》ですからね………それに、自分の判断ミスかもしれないって考えているという事は………」

「そっか、お母様の事を思い出して………」

そんな孝太郎の様子を、晴海《はるみ》と静香《しずか》が少し離《はな》れた場所から見守っていた。二人——正確には少女達《たち》全員——は孝太郎の悩みに気付いていたのだが、なかなか声を掛《か》けられずにいた。孝太郎がぶつかった問題はあまりにも困難だ。そもそも死刑か生け贄か、その二つの結末には大きな差がないように見えてしまうのが最初の問題だった。そこにラルグウィンかファスタか、という二者《にしゃ》択一《たくいつ》の問題が加わる。少女達も何が正しかったのか、その答えを持ち合わせていない。だから見守っているよりなかったのだ。

『ベルトリオン、聞こえていましてっ!?』

だが唐突《とうとつ》にクランが孝太郎を呼んだ。彼女の声は孝太郎の腕輪《うでわ》、携帯型《けいたいがた》のコンピューターから聞こえて来ている。通常はいきなり声が聞こえる事はない。腕輪から呼び出し音が聞こえ、孝太郎が操作して応じた時にだけ聞こえて来る。この時のクランは緊急用《きんきゅう》のチャンネルを使い、強引《ごういん》にその声を孝太郎に届けていた。

「クランか!?」

孝太郎はその声を聞いた瞬間《しゅんかん》に一旦《いったん》考え事を打ち切り、勢い良く立ち上がった。クランが無意味に緊急用のチャンネルを使うとは思えない。何か深刻な事態が起こった事が想像された。

『聞こえているのならすぐに会議室へ！　大変な事件が起こりましたわっ！』

「分かった、すぐに行く！」

孝太郎は言葉が終わらないうちに走り出していた。皇宮《こうぐう》の中を走るのは本来マナー違反《いはん》だが、緊急時にはそうも言っていられない。孝太郎は大急ぎで会議室へ向かった。

会議室の大型三次元モニターに表示されていたのはラルグヴィンだった。正しくはラルグヴィン・ヴァスダ・ヴァンダリオン。かのヴァンダリオンの甥《おい》であり、ヴァンダリオン亡《な》き後はその目的を引き継いで軍事行動を続けた。旧ヴァンダリオン派の指導者にして、反政府勢力の束ね役としても知られる人物だった。

『そうではない者達も少なくないだろうが、ここはあえてこう言わせて貰《もら》おう。初めまして、フォルトーゼの民よ。私はラルグヴィン・ヴァスダ・ヴァンダリオン。かつてのヴァンダリオン卿《きょう》――我《わ》が叔父《おじ》同様に、この国の未来を憂《うれ》う者の一人だ』

しかし孝太郎はその姿を一目見た瞬間から、大きな違和感《いわかん》を覚えた。そしてその違和感は話が進むにつれてどんどん大きくなっていった。

『叔父はその途中《とちゅう》で道を誤ったが、私は叔父が本来目指していた目的を引き継ぎたいと考えている。それはこの国において非常に長く続いている、帝政《ていせい》という埃《ほこり》を被《かぶ》った支配体制を打破する事だ』

違和感はラルグウィンが帝政の打破を口にしたその時、最高潮に達した。ギラギラと輝《かがや》く瞳《ひとみ》、全てを圧するような言葉。表面上はそれらを隠《かく》しているが、孝太郎には分かる。そこには激しい憎悪《ぞうお》と執念《しゅうねん》が燃《も》え滾《たぎ》っていた。

『社会が成熟していく過程で、ある時期までは帝政というシステムが良く働く事は私も認めるところだ。だがこの国ではそれが必要以上に長く続き過ぎている。結果として皇家とそこに繋《つな》がる勢力に多くの権力と利益が集中し、社会の歪《ゆが》みを生み出している』

それはかつてのラルグウィンにはなかったものだった。かつてのラルグウィンは同じ事を目指しながらも、不思議と皇家や帝政に対する特別な思い入れがなかった。皇族や帝政に対する感情は全くのゼロではなかったかもしれないが、彼の望みはあくまで叔父の目的を果たす事だった。だから執念があるとしてもそれはあくまで叔父への思いであって、こうして皇家や帝政を直接憎悪するような事はなかったのだ。

『そこで我々は、フォルトーゼに蔓延《はびこ》る歪みを正すべく立ち上がった』

「こいつはラルグウィンじゃない。あいつだ」

程なく孝太郎はそれを確信した。ラルグウィンの姿と声を持つ、全く別の人間。皇家と帝政を憎悪し、成り代わって全てを手にしようとする人物。そして孝太郎にはその人物に心当たりがあった。

「………ビオルバラム・マクスファーン……」

それはアライアの宿敵であり、孝太郎が時空の彼方《かなた》に追放した男。その瞳と言葉に宿る憎悪と執念には覚えがある。ラルグウィンの中に居るのは間違いなく彼《か》の人物、ビオルバラム・マクスファーンだった。

「……やはり貴方《あなた》もそう思いまして？」

クランが緊張《きんちょう》気味な表情で孝太郎に尋《たず》ねる。クランはラルグウィンの様子を見て、孝太郎と同じように感じたから緊急チャンネルを使った。クランもまた二千年前の事件の当事者であったから、思うところがあったのだ。

『そして今日、こうして諸君らの前に姿を現した。我々がただ改革せよと声を上げるだけの存在ではないと示す為《ため》に。つまりは……』

孝太郎とクランの意見は一致《いっち》した。それは非常に悪い事の始まりを意味する。そしてマクスファーンは二人が懸念《けねん》した通りの言葉を口にした。

『………我々憂国騎士団《ゆうこくきしだん》、そしてその傘下《さんか》にあるフォルトーゼ解放軍は本日只今《ただいま》を以《もっ》て、フォルトーゼ皇家並びに皇国軍に対し、宣戦を布告する』

「馬鹿野郎《ばかやろう》っ!! ラルグウィンを犠牲にして復活しただけでは飽《あ》き足らず、またあれをやろうってのかぁっ!! マクスファーンッ!!」

ガンッ
憤《いきどお》った孝太郎は会議室の壁《かべ》を思い切り殴《なぐ》り付けていた。この時、孝太郎は拳《こぶし》の痛みを感じていなかった。

「ベルトリオン!?」

心配するクランの言葉にも気付かない。それらを感じないくらい、強い怒りの感情が孝太郎の胸を占《し》めていた。

かつてビオルバラム・マクスファーンはフォルトーゼの宰相《さいしょう》という高い地位にありながら、全てを掴《つか》まんと反乱を起こした。だがそれはアライアと青騎士《あおきし》――孝太郎によって防がれた。しかし二千年の時を経て、マクスファーンはラルグウィンを生け贄に蘇《よみがえ》り、再び国盗《くにと》りに向かって動き出そうとしていた。

『我らと志を同じくする者達よ！　我がもとへ集え！　共に皇国軍を打ち倒し、この国を歪みから解放しようではないかっ‼』

こうして宰相ビオルバラム・マクスファーンと大魔法使《だいまほうつか》いグレバナスは、再び孝太郎と皇家の前に立ち塞《ふさ》がったのだった。

時間は少し遡《さかのぼ》る。グレバナスに捕《と》らえられたラルグウィンは、しばらくの間監禁《かんきん》されていた。監禁された部屋には窓も時計もないのでラルグウィンには正確な日時が分からなかったが、やたら豪華《ごうか》な食事の回数から、今が恐らく二日目か三日目である事は分かっていた。そして部屋は狭《せま》くも汚《きたな》くもなかった。十分な広さがあり、アンティークの豪華な家具が据《す》え付けられている。あまりこうした事に詳《くわ》しくないラルグウィンでも、ベッド一つで自動車が買えるほど高価な代物《しろもの》である事はすぐに分かった。ここは協力的ではない人間を監禁するには、豪華過ぎる部屋だった。

「………それだけ本気という事か………」

ラルグウィンはそう呟《つぶや》くと小さく苦笑《くしよう》した。本来ならラルグウィンの監禁は自殺が出来ないように口に何かを咥《くわ》えさせて身体《からだ》を固定してしまうのが確実だ。だがグレバナスはそうしなかった。魔法で自殺や脱走《だっそう》が出来ないように強制した上で、豪華な監禁部屋に閉《と》じ込めている。そしてその中にいる限りは、自由に行動する事が出来る。グレバナスが何故《なぜ》そうしたのか、ラルグウィンには概《おおむ》ね想像が付いていた。ラルグウィンは単純にマクスファーン復活の生け贄になるのではなく、身体を乗っ取られるのだ。つまり今でこそラルグウィンの身体だが、やがては大事な主君の身体となる。だからグレバナスは身体に傷が付いたり負担がかかるような監禁方法を選ばなかった、という事になるのだった。そんなラルグウィンの独り言に答える者があった。

『もちろんですとも。その為に多くの労力を払《はら》ったのです』

「グレバナスか………」

それは当の大魔法使いグレバナスだった。彼はいつの間にかドアのところにいた。そして彼は悠然《ゆうぜん》とラルグウィンに近付いていく。ミイラの如きしわくちゃの顔、だがその瞳だけはギラギラと輝いている。その姿はラルグウィンには何処《どこ》となく興奮しているように感じられた。そんなグレバナスを見て、ラルグウィンは再び苦笑した。

「………貴様が顔を見せたという事は、時が来たという事だな」

普段《ふだん》は落ち着いているグレバナスが興奮気味である事から、ラルグウィンは自分の運命を悟《さと》った。だがラルグウィンは落ち着いていた。既《すで》に覚悟《かくご》は出来ている。そのつもりでグレバナスとの取り引きに応じたのだ。

『左様です、が……』

この時、興奮気味だったグレバナスが落ち着きを取り戻《もど》していた。ラルグウィンの反応を不審《ふしん》に思ったのだ。

「どうした？　不満げだな？」

『……実は、部屋に入るなり貴方が襲《おそ》いかかってくるかと思っておりました。最後のチャンスの筈ですから』

グレバナスが疑問に思ったのは、ラルグウィンが無抵抗《むていこう》である事だった。遂《つい》にその時が来たと分かっているにもかかわらず、甘《あま》んじてそれを受け入れようとしているように見えるのだ。グレバナスはそれを、これまで見て来たラルグウィンの姿とは少しばかり違っているように感じていた。

「覚悟は出来ている」

ここでもラルグウィンは落ち着いていた。訝《いぶか》しげなグレバナスとは対照的に、落ち着いた様子で胸の内を明かした。

「それに貴様は俺《おれ》の抵抗《ていこう》を許す程、甘い魔法はかけていないのだろう？」

『それは仰《おつしや》る通りなのですが……』

ラルグウィンが落ち着いている理由は覚悟だけではない。グレバナスの事だから、万全《ばんぜん》の対策をしているだろうと読んでいるのだ。魔法で自殺出来ないように強制しているというのならば、奇襲《きしゅう》だって防げる筈なのだ。だからラルグウィンは何もしない。意味のない行為だと知っているからだった。

「ならば半端《はんぱ》な抵抗は手の内を明かすだけで終わる愚策《ぐさく》だろう」

『それはもっともな話ですが………半端ではない抵抗が可能な機会は、貴方にはもう起こりませんよ？』

「可能性と戦略の話をしている。今無駄《むだ》に抵抗するぐらいなら、何らかのトラブルと同時に抵抗すべきだ」

『今私に殴りかかるより、爆発《ばくはつ》の混乱にでも乗じて殴りかかる方が――――か。確かに仰る通りですな』

今襲いかかっても無事に脱出《だつしゅつ》出来る可能性はゼロに等しい。グレバナスは警戒《けいかい》して対策を用意している。だが何らかのトラブルが起こればどうだろう？　グレバナスが想定していない事が起こっている時なら？　その場合は、脱出の可能性は全くのゼロではなくなる筈だ――――これはグレバナスにも納得の考え方だった。

「酷《ひど》くか細い可能性ではあるがな」

『それは褒《ほ》められていると受け取りましょう』

「実に忌々《いまいま》しい事だ」

当初はラルグウィンの反応を訝しんだグレバナスだったが、この頃《ころ》にはもうその疑問を捨てていた。

――可能性がゼロの抵抗か、起こるかどうかも分からないトラブルを待つか……そそれは究極の選択《せんたく》ではあるが、確かにラルグウィンとしては僅《わず》かでも可能性がある方に賭《か》けざるを得ないだろう。言われてみれば戦略家らしい考え方だ……。

ラルグウィンの言葉は正しい。確かに彼にはそうするしかない状況《じょうきょう》だった。

『それでは一緒《いっしょ》においで下さい、ラルグウィン殿《どの》』

「分かっている。歩く速度ぐらい自分で決めさせろ」

『はは、珍《めずら》しく気が急《せ》いております』

「二千年ぶりに主君に会える、か……分からんではないが、一つ忠告だ」

『なんでしょう?』

「マクスファーンに拘《こだわ》り過ぎるなよ? そういう感情のせいで俺はここに居る。たとえ主君であっても、諦《あきら》めるべき時はあるのだ」

『……心に留《とど》めておきましょう』

そうしてラルグウィンは自らの足で歩いていった。ラルグウィン・ヴァスダ・ヴァンダリオンとしての、終焉《しゅうえん》の地へ。

準備は既に整っていた。床面《ゆかめん》に刻まれた複雑な紋様《もんよう》は、魔法の実行式の一部。いわゆる魔《ま》法陣《ほうじん》というものだ。魔法陣は既に働いており、まるで脈動するかのように明滅《めいめつ》を繰《く》り返している。ラルグウィンがその上に立つと、輝きと脈動はより強くなった。

『その中央の席にお座り下さい』

「ああ……」

ラルグウィンは魔法陣の中央にある玉座の如き大きな椅子《いす》へ向かう。それを見届けたグレバナスは、魔法陣を囲むように設置されている装置類に近付き、なにがしかの操作を行った。それらの装置はどれもフォルトーゼの先進科学や霊子力《れいしりよく》技術の産物だ。グレバナスの目的であるマクスファーンの蘇生には、魔法だけでは足りないのだ。死んですぐの人間であれば、魔法だけでも蘇生が可能だ。魔法で肉体を修復し、魂を戻してやればいい。だがマクスファーンが死んだのは二千年前であり、肉体どころか魂の断片《だんぺん》を集めるのにも苦労する状況だ。だからグレバナスはマクスファーンの子孫であるラルグウィンの肉体と魂をベースにして、各種技術を組み合わせてマクスファーンの魂を復元し、蘇生させようとしていた。

「……どうやら賭けには負けたようだ」

『その様ですな』

グレバナスはその瘦《や》せこけた顔をある方向へ向ける。そちらには今いる場所――フォルトーゼから遠く離れた拠点《きょてん》だ――の司令室がある。そしてその更に向こう側、果てしない距離《きょり》を隔《へだ》てた先にはフォルトーゼの本星があった。だが司令室は静かで、トラブルの報告はない。艦隊《かんたい》が差し向けられたりもしていない。結局、ラルグウィンが期待したようなトラブルは起こらなかった。だから彼は苦笑しながら玉座に腰《こし》を下ろした。

『それではお別れです、ラルグウィン殿』

「これは痛むのか?」

『痛むとすればマクスファーン様の方ですな』

マクスファーンの蘇生は三段階だ。まず最初にラルグウィンの肉体から魂を切り離す。第二段階ではその魂に対して、収集したマクスファーンの魂の断片を各種の魔法や技術で上書きする事で、マクスファーンの魂を再構成する。そして第三段階で、復元されたマクスファーンの魂を肉体に再接続する。実験によると、この再接続には激痛を伴《ともな》う事が分かっている。痛みを感じるのは肉体の役目なので、一段階目で肉体から切り離されるラルグウィンは痛みは感じない筈だ。魂が再構成された後で肉体に戻す際には激痛を伴うものの、それはもはやラルグウィンではない筈だった。

――もっとも、自分の存在が書き換《か》えられていくという状況に、激しい恐怖《きょうふ》や精神的な苦痛は伴うでしょうがね……。

グレバナスは精神の方で起こる問題をあえて口にはしなかった。この繊細な魔法の儀式《ぎしき》において、生け贄の不安を煽《あお》るのは余り賢《かしこ》い選択ではなかった。

「……そういうものか。始めていいぞ」

『辞世の言葉等はありませんか？』

「そんなものはとっくに済ませている。貴様達も反逆に手を染める前に、何かをやったのではないか？」

『懐《なつ》かしいですなぁ……確かに、仰る通りです。二千年前、兵を挙げる直前にマクスファーン様と杯《さかずき》を交《か》わし、長い話をしました』

「後でまた長い話をするのだな」

『そうさせて頂きます。ではラルグウィン殿、まことに名残惜《なごりお》しいですが……これにてお別れです』

「フン……名残惜しい等と、思ってもいない癖《くせ》に」

『これは手厳しい。では改めて――さようなら。あるいは、また後程《のちほど》』

「……ああ」

それっきり、二人の会話は終わった。グレバナスはしばらくのあいだ無言で様々な装置類を操作した後、魔法陣の外縁《がいえん》に立って呪文《じゅもん》の詠唱《えいしょう》を開始した。

『心の深奥《しんおう》に潜《ひそ》みし精神の精霊《せいれい》よ！　魂の玉座を統《す》べし魂魄《こんぱく》の精霊よ！　我が呼びかけに応えよ！』

彼の魔法は晴海と同じく古代語の呪文を唱えつつ、連続して掌印《しょういん》を結ぶ事で発動する。グレバナスはここから幾つか、大きな魔法を使う事になる。高く、低く、強く、弱く。それはまるで歌のようであったが、不死者となった彼の声はしゃがれ、歪み、淀《よど》んでいる。そこには歌のような優美さは欠片《かけら》もなかった。

ラルグウィンは暗闇《くらやみ》の中に居た。肉体から切り離された事で五感が働かず、何も認識《にんしき》する事が出来ないのだ。だが考える事は出来た。魂だけになっても思考力は失われていなかった。

──嘘《うそ》ではなかったようだな……。

グレバナスの言葉通り、ラルグウィンは痛みを感じなかった。だが恐怖はあった。自分が他の者に書き換えられていくという現実は、酷く恐ろしい。覚悟をしていても拭《ぬぐ》い切れるものではなかった。ラルグウィンはもし身体を動かせたら、恐怖から逃《のが》れようと無様に走り回ったかもしれないと思っていた。彼にそう思わせる程、強い恐怖と精神的な苦痛があった。

『そうか、お前はラルグウィンというのか』

その声はすぐ近くから聞こえて来た。ラルグウィンが声に意識を向けると、暗闇の中にその姿が現れる。酷く古めかしい服装を身に着けた、大柄《おおがら》な老人だった。

──叔父上!? いや、違う……!?

一瞬《いっしゅん》、ラルグウィンは目の前の人物を叔父のヴァンダリオンだと思った。だがラルグウィンに向ける瞳を見て、別人である事に気が付いた。その瞳はグレバナスと同じように酷く昏《くら》い光を帯び、ギラギラと輝いていた。

──お前がマクスファーン、か？

言葉ではない。それはラルグウィンの思考だった。だがラルグウィンの思考に対し、老人は大きく頷《うなず》いた。

『その通りだ。私はビオルバラム・マクスファーン。神聖フォルトーゼ皇国の宰相であった男だ。そしてこれから、フォルトーゼの頂点に立つ』

老人――マクスファーンの返答も言葉ではない。だが二人の間では問題なく会話が成立している。その姿と言葉は、互《たが》いの魂が対話の為に生み出した虚像《きょぞう》、あるいはインターフェイスとでも呼ぶべきものだった。

――もっと知的な男だと思っていた。

ビオルバラム・マクスファーンという男の事は、ラルグウィンも知っていた。歴史の授業で習うし、グレバナスと遭遇《そうぐう》した段階できちんと調査も行った。その課程でラルグウィンは、マクスファーンがフォルトーゼの宰相であった事から、知的な人物を思《おも》い描《えが》いていた。だが実際は強い意志を感じさせる野望の男だった。

『ハハハッ、歴史など脆《もろ》いもの。軽く力を入れれば容易《たやす》く変質する。人の願望から、幻想《げんそう》も混じる。グレバナスを見れば分かるだろう？　あいつこそもっと知的であったのだ』

フォルサリアにはマクスファーンの存在が伝わっていない。だからグレバナスは単独で真なる故郷に反旗を翻《ひるがえ》したと考えられている。その結果、人々の認識は歪んだ。それに影《えい》響《きょう》され、蘇ったグレバナスは若干《じゃっかん》マクスファーン寄りの人格に変質してしまった。歴史の脆さがグレバナスを変えたのだった。

――確かにあいつは、お前の存在や歴史に侵食《しんしょく》されていると言っていたな。

『今のこの状況と似たようなものだ。お前もグレバナス同様に、私を構成していた情報に侵食されて変質する。お前はこれから私になるのだ』

マクスファーンは語気を強め、ラルグウィンに詰《つ》め寄る。抵抗するならしてみろ、踏み潰《つぶ》してくれる――そんな声が聞こえてきそうだった。

――好きにしろ。俺の命運はずっと前に尽《つ》きている。

それに対し、ラルグウィンはやはり淡々《たんたん》と応じた。まるで自らの運命に興味がないと言わんばかりだ。そしてそれはマクスファーンにとって腹立たしい出来事だった。

『諦めているのか？　しっかりしろ我が子孫よ！　抵抗の一つもしてみせんか！』

マクスファーンは無抵抗でいるラルグウィンに腹を立てていた。たとえ不利な状況であっても必死にもがき、少しでも這《は》い上がりたい。反撃《はんげき》の一太刀《ひとたち》を振《ふ》るいたい。それがマクスファーンの生き方だったから。

――俺を乗っ取りたくないのか？

『それとこれとは話が別だ。我が子孫が堕落《だらく》した姿など見たくはない。永遠の繁栄《はんえい》こそが我が望み！』

そしてマクスファーンの望みは自らがフォルトーゼの支配者となる事。それはマクスファーン家の繁栄をも意味するだろう。そこには遠い子孫であるラルグウィンの事も含《ふく》まれている。復活の為にその身体を乗っ取ろうとしているとはいえ、基本的にはそういう考えだった。

――それが可能だと思うのか？　敵は青騎士《あおきし》なのだぞ？

天下取りの障害は、やはり皇家と青騎士だろう。特に皇家から王権の剣《つるぎ》を預かる青騎士が厄介《やっかい》だ。ラルグウィンは覚えている。青騎士が叔父のヴァンダリオンを斬《き》った、その時の事を。まるで星を斬らんとするかのような、とてつもない一撃《いちげき》だった。あれが日常的に使える技ではない事は想像がつく。だが本当の危機の際にはあれが飛び出してくる事は想定しなければならない。言うなれば個人で前触《まえぶ》れなく戦略級の兵器を使える敵なのだ。だからこそラルグウィンは対策に時間がかかり、グレバナスに主導権を握《にぎ》られる結果となった。当然、マクスファーンも高い確率で同じ問題に突《つ》き当たる筈だった。

『やってみせるとも！　私は必ず天を掴む！　敵が青騎士だろうが、暁《あかつき》の女神《めがみ》だろうが知った事ではない！　敵を全て踏み潰し、この世の全てを手に入れる！』

だがマクスファーンは全て覚悟の上だった。青騎士や皇女達の力を十分に理解した上で戦おうとしている。二千年前の雪辱《せつじょく》を果たし、青騎士も皇家も這いつくばらせる。天を掴み、世界を手に入れる。そんな強い野望がその瞳を強く激しく燃え上がらせていた。

――全て、か……。

その一言を耳にし、ラルグウィンの目が僅かに細められる。

『そうとも、全てだ！　私を認めぬ者達、アライアと青騎士が守ったものを全て灰にして、その灰の中から新たな世界を構築するのだ！』

興奮したマクスファーンはその変化を見逃《みのが》した。

――お前は叔父上、ヴァンダリオン閣下によく似ている。だが、やはり少し違うようだ……。

マクスファーンとヴァンダリオンはよく似ている。その容姿といい、言動といい、本当によく似ていた。実際ラルグウィンが初めてマクスファーンの姿を見た時、見間違《みまちが》えたほどに。だがやはり両者には違いがあった。マーズウェル・ディオラ・ヴァンダリオンは確かに野望の男であり、どれだけ多くの犠牲を払ってでもフォルトーゼを奪《うば》い取ろうとしていた。しかしそれでも例外はあった。家族や親しい友人には優《やさ》しく、情の厚い一面を見せる事があったのだ。甥のラルグウィンや、古くからの友人であるグラナード・バルキリスがその一例だった。だがマクスファーンは違う。彼はともすれば全てを捧《ささ》げるだろう。恐らく友人のグレバナスでさえも。それは歴史が証明している。マクスファーンは姪《めい》のリディスでさえ野心の為に利用し、最後には殺そうとしたのだ。

『当然だろうっ⁉　天を掴み損《そこ》ねた男と一緒にするな‼』

ヴァンダリオンが天を掴まんとしたのはいい。マクスファーンの子孫なら、それは頷ける。だが失敗した。道半ばで倒れた。それは唾棄《だき》すべき愚行《ぐこう》だった。

――お前とてそうだろう？

だがラルグウィンにはマクスファーンも似たようなものに感じられた。かつてのマクスファーンは青騎士《あおきし》に敗れ、時空の果てに追放された。そして失意のうちに死んだのだから。

そんなラルグウィンの言葉に、マクスファーンは激昂《げきこう》した。

『その過《あやま》ちを正そうというのだっ‼　この私っ、ビオルバラム・マクスファーンがなぁっ‼　私は貴様の叔父とは違う‼　必ずこの手で天を掴むっ‼』

激昂したのは、それがマクスファーンにとって汚点《おてん》だったからだ。実は自分でも分かっているのだ。ヴァンダリオンと大差ないと。だからこそ証明しなければならない。復活して天下を取り、自分が全てに勝る存在であると。真の覇者《はしゃ》は青騎士などではなく、自分であるのだと。

――では楽しみに待つ事にしよう。お前が青騎士と戦う、その時をな。

ラルグウィンはそう言って薄《うっす》らと笑った。彼には確信があった。マクスファーンが手酷《てひど》いしっぺ返しを食らうだろう、という確信が。対するマクスファーンはこの時のラルグウィンの笑《え》みが気に入らなかった。だから語気を強めた。

『私も楽しみだ！　もっとも………これから消えてなくなる貴様には、それを見る事は出来んだろうがな！』

――――………。

ラルグウィンは何も答えなかった。薄く笑ったまま、マクスファーンを見つめている。まるで小馬鹿にしているかのようなその態度。それに腹を立てたマクスファーンはここで会話を打ち切った。

『さあ、そろそろその玉座を明《あ》け渡《わた》して貰おう！　その玉座は私のモノだ！　貴様の身体は私が貰い受ける！』

そこからはあっという間だった。ラルグウィンの魂の上に、多くの新しい情報が書き込まれていく。あるいはラルグウィンらしい情報が削《けず》り取られていく。そこには激しい喪失《そうしつ》感と、自分が別の何かに変化していく恐怖があった。だがそれでもラルグウィンはその笑顔を崩《くず》さなかった。状況としてはマクスファーンとグレバナスの思惑《おもわく》通りではあったが、結局は最後の最後まで彼の笑みを消す事が出来ず、マクスファーンの目覚めはすっきりしないものとなった。

目覚めた時、マクスファーンはそこが何処なのかが分からなかった。全く知らない場所だったし、そもそも二千年前の知識しか持たない彼には壁の材質さえ理解出来ない。ただ不自然に明るい部屋だという印象を持つに留まった。だが幾らもしないうちに必要な情報は与《あた》えられた。ここは星の世界にある、ヴァンダリオン派の拠点の一つ。壁の材質は石油を加工して作った樹脂《じゅし》。妙《みょう》に明るいのは最新の照明技術によるもの。誰《だれ》に教えられたという訳ではない。学習したものでもない。不思議な事に、頭にそうした情報が浮《う》かんできたのだ。まるで百科事典を読むかのような感覚だった。

「………忌々しい事だ………」

それが目覚めたマクスファーンの第一声。彼にはその情報の出所が薄々《うすうす》分かっており、だからこそ苛立《いらだ》っていた。

『マクスファーン様!? お目覚めになりましたか!!』

声に反応し、グレバナスが駆《か》け寄ってくる。マクスファーンは魔法陣の中央、そこにあ

る玉座に座っていた。

「久しいな。が……酷い面《つら》だ、グレバナス」

『その仰り様、まさしくマクスファーン様！　ようやく……ようやく再び御目通《おめどお》りが叶《かな》いました！』

驚《おどろ》いた事に、グレバナスは泣いていた。もちろん干涸《ひから》びたその身体には、涙《なみだ》を流す機能は残っていない。だがその表情と言葉は、間違いなく泣いている時のそれだった。

『お久しゅうございます、マクスファーン様！　お変わりはないようで、喜ばしい限りでございます！』

かつてグレバナスはマクスファーンに忠誠を誓《ちか》い、共にフォルトーゼの乗っ取りを目論《もくろ》んだ。だがそれを果たせず、後悔《こうかい》を抱《かか》えたまま死んだ。それから多くの年月が経《た》ち、機会を得て復活。遂にはマクスファーンの蘇生にも成功した。その道程は簡単ではなかった。長い道程を一歩一歩進み、時には後退を強《し》いられる事もあった。そうした事を乗り越《こ》えて今がある。多少大袈裟《おおげさ》に言うと、今はグレバナスが人生の大目標を達成した瞬間なのだ。そしてこれからはマクスファーンと共に、再びかつての目標を目指す事になる。グレバナスが泣くのも当たり前だった。

「そうでもない。少しあの男……ラルグウィンと言ったか。あの男の記憶《きおく》が混じってしまっているようだ」

マクスファーンはこの時、不満げにしていた。マクスファーンはこの場所についての知識はラルグウィンのものだと考えている。それはつまりラルグウィンの魂が少しだけ、マクスファーンの魂に混入しているという事になるのだった。

『ご安心下さい、マクスファーン様。記憶や魂が混入している訳ではありません』

「なに？　それはどういう事だ？」

『実は蘇生を行う際、排除《はいじょ》されたラルグウィンの魂をアーカイブいたしました』

「何の為に？」

『マクスファーン様がこの時代でも不自由がないようにする為です。マクスファーン様が知りたい情報をアーカイブで検索《けんさく》する事が出来るようになっております』

「それは私の中にラルグウィンがいるという事ではないのか？」

『アーカイブはアーカイブ。活動しているデータではありません。書物を読むのと変わりません、マクスファーン様が望まなければ情報が勝手に出て来る事もありません』

そもそもマクスファーンは二千年前の時代の人間だ。だからもし何も対策をせずにただ復活させてしまうと、右も左も分からない世界に放り出されてしまう。自動ドアがどうやって開くのか、信号の意味は――――など、この時代で生きていく上で必要な情報が余りにも多く、それを覚えるだけで膨大な時間を要する。実際グレバナスがこの時代に馴染むのには多くの時間を要した。そしてそれは今も完全とは言い辛《づら》い。同じ事がマクスファーンにも起こると仮定すると、計画や作戦の遅《おく》れは非常に大きくなる。そこでグレバナスはラルグウィンの魂《たましい》を保存した。保存された魂は、ラルグウィンの個人的な経験や学習した情報の類だ。それらはマクスファーンの蘇生《そせい》には不要で切り捨てられたものであったが、この時代の情報源としては非常に有用なものだ。保存して自由にアクセス出来るようにすれば、マクスファーンがこの時代でも不自由する心配はなかった。

「なるほど。ラルグウィンの記憶を読める書庫が追加されたという事か……」

『その通りでございます』

「……。ハハハハッ、グレバナス、貴様リッチになったのか！　元々枯《か》れ木《き》のような奴《やつ》だと思っていたが、徹底《てってい》したものだな！」

ラルグウィンの記憶の中にはグレバナスがどのように復活したのかという情報も含まれている。意図的に記憶にアクセスしてそれを知ったマクスファーンは大笑《たいしょう》した。

「しかし少し混ざってしまったようだな。本来私の方の構成要素が」

『マクスファーン様に似て、少し強気な性格になりました』

「元々貴様は心配性《しんぱいしょう》なところがあった。良いところに落ち着いたのではないか？」

『かもしれませぬ。ですが、今はマクスファーン様が心配です。お加減はいかがですか、マクスファーン様？』

「ふむ……思ったより調子はいい」

マクスファーンは自分の身体を見下ろしながら、改めて状態を確認《かくにん》する。なにぶん蘇生など初めての経験であるから、グレバナスが心配する意味も分かる。素直《すなお》にその言葉に従って身体の状態を確認していった。

『気分が悪かったり、頭痛があったりなどは？』

「しない。むしろ気分が良いくらいだな」

マクスファーンには特に問題があるようには感じられなかった。むしろ身体が若返った影響《えいきょう》で、調子は良くなっているように感じられた。

『その身体の本来の持ち主――ラルグウィンが拒絶《きょぜつ》している様子は？』

「それもない。ここには私しかいない。完全に自由だ」

そしてラルグウィンの拒絶反応もなかった。やはり他人の身体と魂を強引《ごういん》に乗っ取っている訳なので、それが当人の意思によるものか、本能によるものかはともかく、ラルグウィンが抵抗する事は十分に考えられた。だがそんなグレバナスの心配は杞憂《きゆう》に終わった。マクスファーンは新しい身体を完全に支配する事に成功している様子だった。

――ふむ、少し拍子抜《ひょうしぬ》けだな……もう少し骨のある男だと思っていたが……。

グレバナスはこの状況を奇妙《きみょう》に思っていた。実はグレバナスはマクスファーンの蘇生の前に、何度か同じような条件での蘇生の実験を行っていた。その時には抵抗をする個体が多かった。身体が動きにくかったり、単純に二重人格になったりとパターンは様々。今回のように全く抵抗がないケースはむしろ少数派だった。

――あるいは我々が青騎士《あおきし》に敗北すると確信しているのか。もしそうなら、マクスファーン様を侮《あなど》り過ぎているぞ、ラルグウィン……。

ラルグウィンが抵抗しない理由は幾《いく》つも考えられるが、実際にどうなのかは想像するしかなく、結論は出ない。それがグレバナスには腹立たしかった。主君の健康や生命に直結している問題なので、特にそうだった。

『相性《あいしょう》が良かったのか、それともラルグウィンが最初から諦めていたのか……どちらにせよ喜ばしい話です』

だが結局グレバナスは違和感の事はマクスファーンには伝えなかった。伝えてもマクスファーンにはどうにもならない部分なので、ただ心配事を増やすだけで終わってしまいかねなかった。

「貴様は私の要素を得てもやはり心配性だな」

『私自身の事ではなく、マクスファーン様の事ですから』

――――何もなければ良いが……いや、これこそが本来の私の心配性な部分か。今はただマクスファーン様の復活を喜ぶべき時！

それに正直なところ、本当に相性が良かっただけなのかもしれないとも思うのだ。実験では抵抗が起きないケースは比較的《ひかくてき》少なかったものの、決してレアなケースという訳ではなかったから。だから最終的にグレバナスはマクスファーン復活の喜びに身を任せ、その小さな懸念を頭の隅《すみ》に追いやった。

マクスファーンが大々的に行った宣戦布告を観《み》た事で、孝太郎の悩《なや》みはより深く難しいものへと変わっていた。予想されていた事ではあるが、ラルグウィンが奪われる事はマクスファーンの蘇生を意味する。そしてマクスファーンの望みはフォルトーゼの支配。これからフォルトーゼは再び戦争に突入《とつにゅう》していく事になるのだった。

――――あの時ファスタさんを見捨てていれば、この新たな戦争は避《さ》けられたのではないだろうか？　だがそれは本当に正しい選択なのか？　アライア陛下の理想を覆《くつがえ》してしまう事になりはしないか？　しかし……少なくとも国民が戦いで命を落とすような事は防げた筈《はず》だ。アライア陛下が挙兵を思い止《とど》まろうとした時のように、ファスタさんの死を受け入れるべきだったのではないか？　いや、それは――

再び大規模な内乱が、戦争が始まる。孝太郎にはそれを防ぐ事が出来た筈だった。ファスタを見殺しにして、ラルグウィンを渡さなければそうなっただろう。だが孝太郎はそうしなかった。正確には答えが出せなかったから、ラルグウィンを止められなかったのだ。その結果、フォルトーゼとその国民は代償《だいしょう》を支払《しはら》う事になってしまった。孝太郎の判断のせいで、戦争が始まる。ラルグウィンに加えて、大量の国民の命が失われる事になるだろう。だがファスタに一体どんな罪があったというのだろう？　彼女《かのじょ》を見殺しにして平和を守っても、本当にフォルトーゼを守った事になるのか？　しかし戦争は防げた――孝太郎はここでもやはり、堂々巡《どうどうめぐ》りを続けていた。

「………うー、孝太郎が悪い訳じゃないじゃん。悪いのはそれを選ばせようとした魔法おじじでしょ？　戦争を起こすのだってそーじゃん」

そんな孝太郎の姿を見た『早苗《さなえ》ちゃん』は、腰に手を当てて怒《いか》りを露《あら》わにしていた。孝太郎に怒《おこ》っているのではない。孝太郎にそうさせる敵のやり口に怒っていた。

「それはベルトリオンもよく分かっておりますのよ。けれどやはりベルトリオンは『青騎《あおき》士《し》』ですから………」

クランには孝太郎が悩んでいる理由がよく分かる。二千年前の世界を一緒に旅して、孝太郎がそこで何を大事にしていたのかを理解していたから。

「あやつはアライア帝《てぃ》が守ろうとしたものを全て守ろうとしておる。じゃが、そうする事で別の部分で問題が生じておる」

ティアは元々青騎士《あおきし》の伝説に詳しかった。そして孝太郎と共有した時間も長い。だからクランと同じように、その胸の内をよく理解していた。裏切ってはいけないものを裏切らない為《ため》に、孝太郎は今日まで戦い続けてきたのだ。

「全てを同時に守る事は出来ない。我らが人である以上、必ずついて回る限界だ。しかし里見孝太郎はそれが納得《なっとく》できない」

「………里見さんはぁ、自分自身とぉ、英雄《えいゆう》としての自分のぉ、折り合いが付かないんですねぇ………」

キリハとゆりかは同情的だった。孝太郎は平凡《へいぼん》な人間だと自認《じにん》している。しかし英雄として生き、その役目と責任を果たそうとしている。そのように生きる事が、多くの命を戦場に連れ出した自分の義務だと思っているのだ。だが平凡な人間と英雄の間には、隙間《すきま》が存在している。人間としての限界、守り切れない命。今回のように何かを選んで誰かが死ぬ状況は、孝太郎を悩ませる。自分は間違《まちが》ったのではないか、もっといい解決策があったのではないか。孝太郎はそれを問い続けている。どうしたって駄目《だめ》だったのだと、割り切って考える事が出来ないのだ。それは得難《がた》い英雄の資質ではあるが、同時に巨大《きょだい》な十字架《じゅうじか》でもある。それを背負って歩き続ける事が出来るのか――少女達《たち》は誰もがそれを心配していた。

「おやかたさまは、真面目《まじめ》過ぎますから……」

ルースは純粋《じゅんすい》に心配していた。不器用な孝太郎は、英雄という役割を愚直《ぐちょく》にこなし、真《ま》っ直《す》ぐに歩いて壁《かべ》に激突《げきとつ》した。だが孝太郎にはそれ以外にやり様がない。だから傷付き続けている。それが心配でならないルースだった。

「見ているしか、ないんでしょうか……時間に任せるしか……」

真希《まき》は何も出来ない自分に歯噛《はが》みしていた。孝太郎が抱えている問題はあまりにも大きく、重い。真希も孝太郎が納得しそうな答えは持ち合わせていない。最愛の人を放っておくしかない状況は、真希を苛立たせていた。

――みんな、里見君が心配で身動きが取れなくなっている……ここは、無理を承知で何とかするしか……！

晴海も真希同様に答えは持っていなかった。だからといって何もしないでいると、孝太郎は傷付き続ける。それを防ぐ努力が必要だ――晴海が、あるいは彼女の中のもう一人の彼女がそう決断した、その時の事だった。

「………やれやれ、あいつも進歩しないなぁ………」

一歩退いた位置から黙《だま》って様子を見ていた賢治《けんじ》が、頭を掻《か》きながら歩み出た。少女達に任せて見守っていたのだが、黙っていられなくなったのだ。

「いや、逆かな。これこそがあいつの価値………。仕方ないなあ、ったくぅ………。皆《みな》さん、俺、ちょっと行ってきます」

そうして賢治は非常に軽い調子で孝太郎を指し示すと、少女達に背を向けた。

「マッケンジー君、今はそっとしておいた方が良いんじゃないかな?」

そんな賢治を静香が呼び止める。今は下手な刺激《しげき》をせず、時間に任せた方が良いのではないか、そんな風に思っての事だった。

「そういう状況でもないでしょう」

賢治は孝太郎以外の事も考えた上で、話をしに行こうと決断した。賢治は孝太郎をこのまま放っておけば、多くの問題が発生すると判断したのだ。

「それは………そうかも、しれないけど………」

静香もそれは分かっている。だが、やはり彼女も孝太郎を愛している。だから孝太郎を傷付けかねない選択が出来なかったのだ。

「大丈夫《だいじょうぶ》ですよ、静香さん」

そんな時、不安げにしている静香に琴理《ことり》が笑いかけた。

「琴理ちゃん………？」

「分かるんです。今の兄さんは、普段《ふだん》の兄さんとは違《ちが》います。私が長年尊敬してきた、あの兄さんです。きっと何とかしてくれます」

この時の琴理は不思議なくらい自信に満ち溢《あふ》れていた。この兄さんが出て来たのなら、もう大丈夫――彼女はそれを確信していた。

「……おいおい、あんまり持ち上げてくれるなよ」

賢治は妹の言葉に苦笑《くしょう》する。だが賢治自身、多少自覚はあった。賢治がこれほど真剣《しんけん》になったのは、しばらくぶりの事であったから。

「そんな事より……兄さん、コウ兄さんをよろしく」

「ああ、分かってる」

「わらわからも頼《たの》む。あやつは我らの………いや、フォルトーゼ全体の心臓じゃ」

孝太郎の不調は少女達の不調。それは皇家の不調でもある。更《さら》には孝太郎を信じる国民達の不調ともなるだろう。静香同様に手を出しあぐねているティアにとっては、賢治に期待するよりない状況だった。

「任せて下さい。これでも付き合いは長いんで」

賢治は相変わらず軽い感じで請《う》け合った。だがその瞳《ひとみ》と頷く様には、不思議と力強い印象がある。琴理が言う通り、いつもの賢治とは何かが違っている――――ティアにもはっきりとそう感じる事が出来た。

「ただ、今回は仕方ありませんが、次からは貴女達《あなたたち》がやって下さい。本当はもう、貴女達の役目の筈ですから」

状況的《じょうきょうてき》にやむを得ず行動に出た賢治だったが、本来はこの役目は少女達の役目である筈だった。少女達は孝太郎と互いに支え合って生きていく事を選んだのだから。そして賢治は孝太郎を心配して集まってくれた少女達の顔を見回して、にっこりと微笑《ほほえ》んだ。

「ケンジ……分かった、心に留めておく」

ティアは大きく頷き返した。自分達が孝太郎を救わずに、誰が救うのか――――ティアにもその自覚はある。今回は仕方がないが、それは間違いなく彼女達《かのじょ》の役目だった。

「じゃあ、ちょっと行ってきます」

そして賢治は言葉と同じくらい軽い足取りで孝太郎に近付いていった。その姿はまるで、友達と気軽なお喋《しゃべ》りをしに行くかのようだった。

賢治の第一声は普段通りだった。

「よー、コウ。お前、何でそんな真面目な顔してんだよ？」

顔を合わせれば第一声は大体こういう感じになる。多少の変化はあるが、概《おおむ》ねこのような始まりになるのがお決まりだった。

「……お前には関係のない話だ」

孝太郎の返事は拒絶だった。これは逆に、普段はない行動だった。そして座《すわ》っていたソファーにもたれかかり、黙り込《こ》んでしまう。

――この感じはしばらくぶりだな。相当参ってるってコトか……。

賢治は孝太郎の一言で孝太郎の悩みの深さを把握《はあく》する。厳密に言うと、確かに賢治とは直接関係のない話ではある。また賢治を危険から遠ざける意味もあるだろう。それを差し引いても、孝太郎がこうやって明確に賢治に壁を作るのは、しばらくぶりの事だった。

「俺《おれ》にその返しが効くと思ってるのか？　俺がそれで黙って帰った試《ため》しがあったか？」

「……」

「……まったく、成長しない奴だなぁ……」

そんな孝太郎の様子に、賢治は小さく苦笑する。そしてこの時点で賢治は言葉による説得を諦《あきら》めた。言葉とは結局のところ理屈《りくつ》だ。だが孝太郎が悩んでいるのは理屈などではない。守りたいものを守り切れない事、いってみれば孝太郎自身と青騎士《あおきし》との違いに悩んでいるのだ。そこで賢治は、かつての手法に頼《たよ》る事にした。

「ホレ、行くぞコウ」

賢治は孝太郎の腕《うで》を掴《つか》み、強引に立ち上がらせた。

「おい――――」

「こんな太陽の光が届かない場所で、ずっと考《かんが》え込んでいるからいけないんだ。さっさと来い。外の空気を吸いに行こう」

賢治は孝太郎の抵抗《ていこう》をものともせず、半ば引き摺《ず》るようにして部屋から連れ出した。そんな二人の姿を少女達が見つめている。少女達は誰もが目を丸くして驚いていた。

「……その気になれば、振り払《はら》うなんて簡単でしょうに……」

この時のナナの呟《つぶや》きが、少女達の驚きの全てだった。孝太郎の実力からして、賢治を振り払うのは簡単だ。それをしていないという事は、孝太郎には賢治を振り払う気がないという事になるのだった。

賢治が孝太郎を連れて行ったのは、日当たりの良い皇宮《こうぐう》の中庭だった。そこにはエルファリアの温室があるのだが、それ以外にも広い庭園が作られている。そして賢治は突っ立っている孝太郎にあるものを手渡《てわた》した。

「ホラ」

「マッケンジー？」

賢治が手渡したのは野球用のグローブだった。孝太郎は驚いた様子でグローブを見つめていた。

「ここでボーっと突っ立ってるより良いだろ。久しぶりに付き合えよ」

「………」

当初は驚いた様子でグローブを見つめていた孝太郎だったが、やがてはグローブを左手にはめた。賢治の考えは分からなかったが、確かに孝太郎は考え事が堂々巡りを続ける事に疲《つか》れており、身体を動かすのも悪くないと思えたのだ。それを見た賢治は十数メートルの距離《きょり》を取り、孝太郎と向かい合った。

「行くぞ、コウ」
「……………」
孝太郎は賢治の言葉に答えない。だが賢治は構わずボールを投げた。
スパン
すると孝太郎は素直にボールを受け取った。そして投げ返してくる。どちらかと言えば慣れ親しんだキャッチボールという行為《こうい》に、反射的に身体が動いたというべきだろう。
スパン
「ナイスボール」
「……………」
スパン
それからしばらくの間、キャッチボールが続いた。その間、喋っていたのは賢治だけで孝太郎は終始無言だった。だがそれでも、キャッチボールが孝太郎の自発的な行動であるのは間違いなかった。
スパン
「コントロールが甘《あま》いな。お前、少し鈍《にぶ》ってるんじゃないか？」
スパン

「………」

そして両者を行き交《か》う球の回数が百を数えようとした頃《ころ》。ずっと黙ったままであった孝太郎が不意に口を開けた。

「……助けたかったんだ。ファスタさんの事も、ラルグウィンの事も」

スパン

唐突《とうとつ》なその言葉に驚いたものの、賢治は軽く笑って応じた。

「だがファスタさんはともかく、ラルグウィンは死刑《しけい》になるんだろう？」

そう言いながら、賢治は内心でホッとしていた。それはようやく聞けた、孝太郎の本音だったから。

スパン

「それでもこういう風に終わるよりはずっといい。これは公平じゃない」

スパン

「そして、あるいはファスタさんが――――か。お前は厳しいが、優しいな、コウ」

スパン

「マッケンジー、俺は間違ったと思うか？」

孝太郎が投げ返してくるまでに、少しだけ間があった。その僅《わず》かな呼吸の差で、賢治には分かった。それが孝太郎を一番悩ませている問題だという事が。だから賢治は一度動きを止め、よく考えてから正直に答えた。

「それは何とも言えない。この複雑な現実の中では、正解も間違いも常に結果論だ」

孝太郎がずっと悩んでいる事なのだから、安易には答えが出せない。そして賢治は分からないという事を素直に伝えた。

スパン
「そうか………」

賢治の返答を聞いて、孝太郎は軽く肩《かた》を落とす。その様子にあまり変化がないのは、そういう返答になる事を予想していたからだろう。それもあってか、孝太郎はキャッチボールを止めなかった。

スパン
「だが一つだけ確実に、お前が間違っていると言える事がある」

賢治には孝太郎の質問への答えはなかったが、一つだけ分かっている事があった。それだけは孝太郎に伝えたいと思っていた。

スパン
「それは？」

スパン
「足を止めている事だ」

それが賢治が感じている孝太郎の間違いだった。

「間違いが起こるのは仕方がない。その改善を考えるのも正しい。だがその為に足を止めているのは間違っている」

人間なのだから、全てを完璧《かんぺき》にはこなせない。その事に悩む事もあるだろう。そしてそのせいで孝太郎の足が止まってしまっている――――その事だけは間違いであると賢治は考えていた。

スパン
「しかし――――」

「分からないか、コウ⁉ お前が止まっているとファスタさんが一人で助けに行ってしまうと言っているんだ‼ だが相手は強い‼ 彼女一人では、ラルグウィンの決死の行動が無駄《むだ》になるだろうっ⁉」

孝太郎が足を止めている間も、世の中は動き続けている。戦いの時は迫《せま》り、あるいはファスタはラルグウィンを助けに――――もしくはその身体の奪還《だっかん》に――――行こうとするだろう。それを放っておけば、ラルグウィンだけでなくファスタも死ぬ。それは孝太郎の望む状況《じょうきょう》ではない筈だった。

「…………」

「正解と間違い、物事の善悪、そうした結論はどうあれ、絶対に立ち止まるなよ、コウ。お前が進めばフォルトーゼはその方向に大きく動く。それだけにお前が立ち止まってしまえば多くの者が道に迷い、被害《ひがい》が拡大する。ファスタさんも、軍も、恐《おそ》らく民間人もだ。絶対に忘れるな、お前は先頭に立っているんだぞ!!」

ファスタだけではない。先頭の孝太郎が立ち止まっていると、その後ろに続く人々が行き先に迷い、結果その命が危険に晒《さら》される。だからたとえ悩みを抱えたままであっても、進み続けるしかない。それが人々の先頭に立つ者の義務、そして責任だった。

「マッケンジー……」

「俺から言えるのはこのぐらいだ」

賢治は伝えたい事を全て伝え終えた。すると孝太郎は一度手元のボールに目を落とした。それからたっぷり十数秒間考え込んだあと、目を上げた。

「……ちょっと付き合え、マッケンジー」

「バァカ、ずっとそうしてきただろう?」

「……そうだったな。いくぞぉぉぉっ!!」

そして孝太郎は大きく振《ふ》り被《かぶ》った。そこから繰《く》り出されたボールは、賢治がびっくりするほどの剛速球《ごうそっきゅう》だった。

ドバァァン

「バッ、馬鹿野郎《ばかやろう》っ、いきなり本気を出す奴があるかぁっ!!」

ズバァァン

「うるせー！　黙って捕《と》れこのスケコマシ野郎《やろう》！」

ドバァァン

「あー、言うてはならん事をっ!!　それが友情を示した親友に対する言葉かっ!?」

ズバァァン

「知るかぁー!!　うぅぅうおぉぉぉおぉぉぉぉぉぉおっ!!」

ドォォオン

そこからは滅茶苦茶《めちゃくちゃ》だった。孝太郎も賢治も全力でボールを投げ、同時に大声で喚《わめ》き散らした。技術も悩みもあったものではない。それから二人はそのまましばらく全力でのキャッチボールを続けたのだった。

少女達は二人のキャッチボールを心配そうに見つめていた。だが二人が全力投球を始めたあたりから、少女達の空気が和《やわ》らいだ。いつもの孝太郎が帰って来た、そう感じたからだった。

「………コータロー様も、本当は助けが欲《ほ》しかった………マッケンジーさんだけはそれがちゃんと分かっていたんですね………」

ナルファは涙を拭《ぬぐ》いながらそう呟く。彼女もずっと孝太郎を心配していた。その緊張《きんちょう》が解け、安堵《あんど》で涙が出たナルファだった。

「ウチの兄さん、やる時はやるから」

それに対して琴理は自慢《じまん》げだった。これぞ松平《まつだいら》賢治。尊敬する我《わ》が兄。これまで落ちに落ちまくっていた琴理による賢治の評価は、ここで完璧に元の位置まで戻《もど》っていた。そんな琴理の言葉に、ティアは大きく頷《うなず》いた。

「………悔《くや》しいが、認める。わらわ達はマッケンジーに及《およ》ばぬ」

少女達が出来なかった事を、賢治はほんの小一時間で解決した。ティアもその差を認めない訳にはいかなかった。負けず嫌《ぎら》いのティアだからこそ、その意味は計り知れないくらい重い。そんなティアの言葉にキリハも頷いた。

「同感だ。だがティア殿《どの》、このまま終わるつもりもないのだろう?」

そしてキリハは不敵に笑う。

「もちろんじゃ。わらわは絶対にコータローを支えられる女になる。次があるかどうかは分からぬが、その時にはマッケンジーに出番などやらぬ!」

「ふふ、同感だ」

今は賢治に及ばない。だが次は――――次があって欲しい訳ではないが――――絶対に自分達がこれを成《な》し遂《と》げる。何故《なぜ》なら少女達は孝太郎と支え合って生きると決めたから。この時、少女達は誰もがその決意を漲《みなぎ》らせていた。

「さてと……わたくしは仕事に戻りますわ」

「ご一緒致《いっしょいた》します、クラン殿下《でんか》。ではティア殿下、また後程《のちほど》」

「うむ、しっかり働いて参れ」

「あたしホッとしたらお腹《なか》空いちゃった」

「わたしもですぅ。何か食べに行きましょうよぉ～」

「あっ、二人とも待って!　私も行く!」

「笠置《かさぎ》さん、ダイエットは?」

「思い出させないで!　藍華《あいか》さん!」

「そういえば晴海、作戦部の者達《たち》が話をしたいと言っていた」

「私ですか？　どうして？」

「どうも晴海専用の戦旗を作りたいらしいのだ」

「なっ、何でそんな事にっ⁉」

「ナルちゃん、折角《せっかく》だからアレ、撮影《さつえい》しておきましょうか？」

「そうですね！　すぐに機材を取りに行きましょう！」

キャッチボールを続ける孝太郎達を後に残し、少女達は思い思いの方向に散っていった。

孝太郎は元に戻った。だとしたら多くの事が動き出す。少女達にはその為の準備をしておく必要があるのだった。


マクスファーンによる――――見た目はラルグウィンだが――――宣戦布告の映像を観終わったのと同時に、ファスタは起き上がろうとした。その目的は明らかだった。

「…………ラルグウィン様を取り返さなくては！」

ファスタは乗っ取られたラルグウィンの身体を取り戻したいと考えていた。真耶《まや》はラルグウィンがファスタの命を救う為に捕《つか》まったと言っていた。だとしたら彼《かれ》の奪還はファスタの役目だった。

「待ちなさいっ！　今、その傷で動いたら死ぬわよ!?」

真耶はそんなファスタの肩を掴んで引き止めた。ラルグウィンのお陰《かげ》で命こそ助かったものの、彼女は今も重傷だ。今すぐラルグウィンを救いに行けるような状態ではなかった。

「しかし――――」

だがそれでもファスタは行こうとしていた。真耶の手を払い除《の》け、強引にその身体を起こそうとする。

「その傷で行っても失敗するわ。悔しいのは分かるけど、貴女《あなた》が無駄死《むだじ》にしてはラルグウィンも浮《う》かばれないわ」

「ううっ………」

「今は落ち着いて治療《ちりょう》に専念なさい。魔法《まほう》で無理矢理《むりやり》こじ開けた傷だから、治りも悪いのよ」

「………く、くそっ………まさか、こんな事になるなんて………」

だが度重《たびかさ》なる真耶の説得により、ファスタは改めてベッドに身体を横たえた。彼女自身も薄々《うすうす》分かってはいるのだ。今行っても無駄死にだと。そしてファスタは顔を伏《ふ》せ、瞳に

くて涙が溢れた。救いに行く事も出来ない。これは彼女にとって痛恨《つうこん》の出来事であり、悔し

といになった。

涙《なみだ》を滲《にじ》ませながら唇《くちびる》を強く噛《か》み締《し》めた。助けに行った筈の自分が、ラルグウィンの足手ま

「ファスタさん、今はとにかく時間が必要だ。君の回復だけでなく、ラルグウィンを救う為の準備をしなければならない」

だがこのエゥレクシスの言葉で、再びファスタの顔が上がった。

「なんだと……!? そんな事が可能なのかっ!?」

ファスタの顔は驚《おどろ》きに彩《いろど》られていた。確かに彼女はラルグウィンを取り戻すつもりでいた。だが身柄《みがら》を確保するところまでしか考えが及んでいなかった。元のラルグウィンに戻す方法については、完全に想像の外だった。

「ダークネスレインボゥ――――いや、今は宮廷魔術師団《きゅうていまじゅつしだん》か。彼女らに大掛《おおが》かりな儀式《ぎしき》魔法の準備をして貰《もら》えば、恐らくは」

エゥレクシスはそう言った後、視線をちらりと真耶に向ける。すると真耶はこっくりと頷く。彼が言う通り、時間と手間はかかるが、宮廷魔術師団なら可能な筈だった。

「魔法だと……？」

ファスタは驚きに目を見張る。魔法の事はファスタも知っている。だから彼女が驚いた

ていたのだ。

のは魔法の事ではない。エゥレクシスと真耶に、宮廷魔術師団との繋《つな》がりがある事に驚い

「マクスファーンは魔法でラルグウィンの精神を乗っ取ったのだから、その逆も出来る。

でも大掛かりな儀式魔法《ぎしきまほう》が必要で、気軽にやれる事じゃない。昔の――魔法使《まほうつか》いだった

頃の私であっても、一人では無理。最低でも宮廷魔術師団の助けが必要だわ」

ラルグウィンを元に戻すのは、マクスファーン復活の手順をそのまま適用すればいいだ

けなので、決して不可能ではない。しかもラルグウィンの場合は成功率が非常に高い。現

代の人間なので、魂の痕跡《こんせき》がまだそこかしこに残っているし、知人も多いからだ。だが大

規模な儀式魔法が必要であり、現状では宮廷魔術師団に助力を求めるのが唯一《ゆいいつ》の可能性だ

った。現状、宮廷魔術師団はフォルトーゼの一機関ではあるが、ラルグウィンの復活はフ

ォルトーゼ側にも有利だろうから、協力が得られる可能性は高かった。

「…………頼めるか、運び屋？」

ファスタは即座《そくざ》に決断した。再びエゥレクシスと真耶を雇《やと》い、その人脈を活用してラル

グウィンを救出する――彼女は少しも迷わなかった。

「今回は高いよ。伝説の暴君と戦う訳だからね」

エゥレクシスはそう言って肩を竦《すく》める。マクスファーンはかつて皇家を追い出し、一時

的にその権限を代行した形ではあるが、フォルトーゼを支配していた伝説の暴君だ。復活したその暴君が、フォルトーゼ解放軍という新たな反乱軍を率いているとなれば、ファスタに協力する危険は計り知れない。その危険に見合う十分な報酬《ほうしゅう》が必要だった。

「分かっている。だが金額を気にしている余裕《よゆう》はない」

ファスタはここでも迷わなかった。ラルグウィンの救出は彼女にとって最優先事項《じこう》だ。金額など些細《ささい》な問題だった。

「………良いだろう」

ファスタの覚悟《かくご》はエゥレクシスにも十分に伝わっていた。だからエゥレクシスは重々しく頷いた。だが、重々しかったのはそこまでだった。

「で、幾らにしようか、真耶？」

エゥレクシスが真耶の方を向いた時には、もういつものエゥレクシスだった。いつもの非常に軽い調子で相棒に質問した。

「良い酒を何本かで良いんじゃないかしら？」

いつもの事なので、真耶が驚く事はなかった。エゥレクシスの真意を汲《く》んだ上で、彼女もいつも通りの返答をした。

「それだ。そうしよう。という訳でファスタさん、代金として良い酒を何本か用意しておいてくれたまえ」

「ばっ、馬鹿なっ⁉　そんな金額でやれる仕事ではないぞっ⁉」

驚いたのはファスタだった。副官であり諜報員《ちょうほういん》として働く事もあるファスタなので、ラルグウィンから預かっている隠《かく》し口座には結構な金額が収められている。だが彼女はそれでは足りないかもしれないと考えていた。だから二人のこの反応は驚きだった。

「そうなんだけどねぇ、真耶があぁ言ってるし」

「本当はね、私達にも戦う理由があるの。フォルサリアが堂々とフォルトーゼへ帰還《きかん》する為には、戦乱が広がるのはまずいの。大魔法使いが惨劇《さんげき》を起こしたら、フォルトーゼ国民のフォルサリアへの感情は最悪なものになるから。そして何より、私達は宮廷魔術師団には無事でいて貰いたい」

エゥレクシスが報酬は高いと言ったのは、ファスタの覚悟を知る為だった。本当はそんなつもりはなく、最初から協力するつもりだったのだ。エゥレクシスと真耶には戦う理由がある。ファスタが出す報酬は、良い酒が何本かで十分だった。

「それに多分、経費はコータロー君が払ってくれるだろうしね」

「馬鹿ッ、それを言わなければ感動のシーンだったでしょうにっ!!」

「……………ふ、ふふふ………」

そんな二人の奇妙《きみよう》なやり取りに、遂《つい》にファスタの口から小さな笑いが漏《も》れた。もちろんこれで気持ちが晴れたという事ではないのだが、完全に追い詰《つ》められていた気持ちが、幾《いく》らか和らいでいた。そんなファスタを前にエゥレクシスと真耶が顔を見合わせる。

――何でこんな事をしているんだろうねぇ、私達は……。

――みんなあの青騎士《あおきし》の坊《ぼう》やが悪いのよ！　全く、私達までおかしくなったわ！

顔を見合わせている二人の胸の中には不平や不満が渦巻《うずま》いていたのだが、なかなかどうして、気分は悪くなかった。

反政府勢力　十二月十五日(火)

孝太郎《こうたろう》は疲れ切って動けなくなるまで全力でボールを投げ続けた。賢治《けんじ》はそんな孝太郎に最後まで付き合った。そして孝太郎が大の字になって倒《たお》れたのを見届けると、一言『お疲れ、じゃあな～』とだけ口にして去っていった。賢治はそれ以外の余計な事は一切《いっさい》言わなかった。孝太郎にはそれがとてもありがたかった。

「……あいつには頭が上がらんなぁ……」

孝太郎の視線の先には青空が広がっている。真っ青で、何処《どこ》までも澄《す》んだ気持ちの良い空だ。そこを小さな雲が流れていく。疲れ切った孝太郎は、その雲を眺《なが》めていた。

「……はぁ……」

孝太郎はラルグウィンが連れ去られた日から、頭の中には常にその事があった。気持ちはいつも張りつめていて、眠《ねむ》ってもいまいちよく眠れていなかった。だが今は違う。賢治のお陰でしばらくぶりに頭の中がからっぽになっていた。考えるのも億劫《おっくう》な程《ほど》、疲れ切っていたのだ。

「……ちょっとぐらい、いいかぁ……」

孝太郎は次第《しだい》に眠くなりつつあった。これまで寝不足《ねぶそく》気味だった事も手伝って、徐々《じょじょ》にその瞼《まぶた》が降りてくる。それに抵抗する理由はない。そのまま青空とそよ風に身を任せ、孝太郎は眠りの中に落ちていった。

いつからそうだったのかは、孝太郎にも分からない。しかしいつの間にか、孝太郎はあたたかい何かに包まれているような、そんな感覚を味わっていた。そしてそのぬくもりの向こうから微《かす》かに響《ひび》く、小さな音。太鼓《たいこ》のような音が、時計の秒針が動く時のように、ゆっくりと規則的に繰り返されている。それが何の音なのかも、孝太郎には分からない。だがぬくもりもその小さな音も、不快には感じない。むしろずっとそれに身を任せていたいような、そんな気がしていた。

カラーン、カラーン、カラーン……

しかしそんな孝太郎のひとときを邪魔《じゃま》するものがあった。それは何処《どこ》からか聞こえて来た、金属同士が打ち合わされる音だった。これも不快な音ではない。美しく澄んだ音色だった。それが時計塔《とけいとう》の鐘《かね》だと気付いた時、孝太郎の意識は急激に覚醒《かくせい》していった。

「…………んー…………」

僅かに開いた瞼の隙間《すきま》から、眩《まぶ》しい光が飛び込んでくる。その眩しさに何度か瞬《まばた》きを繰り返したが、やがてその眩しさに慣れ、孝太郎はその両目を開いた。すると寝《ね》る前と同じく、空が両目に飛び込んで来る。しかし空はもうオレンジ色に染まっていた。時間が経《た》って日が傾《かたむ》き、太陽は地平線の向こうへ消えていこうとしていたのだ。そして何気なく視線をそちらへ動かした時、孝太郎は気付いた。間近から自分を見下ろしている、何者かの存在に。

「…………お目覚めですか、レイオス様…………?」

穏《おだ》やかで、優《やさ》しい声。金色の髪《かみ》が孝太郎の頬《ほお》に触《ふ》れている。そしてそのしなやかな指先が、孝太郎の胸を撫《な》でていた。孝太郎はその時に一瞬《いっしゅん》、仲良しの元気な少女の事を思い出しかけたのだが、すぐに別人だと気付いた。

「…………エル？」

エルファリア・ダーナ・フォルトーゼ。彼女《かのじょ》はこの銀河の舵取《かじと》りをしている、神聖フォルトーゼ銀河皇国の皇帝《こうてい》だ。だがその両の眼差《まなざ》しは今、孝太郎一人に注がれている。まるでそこに銀河の全てがあるかのように、ひたむきに。

「はい」

「お前だったのか………」

彼女は今、孝太郎を膝枕《ひざまくら》していた。つまり少し前から孝太郎が感じていたぬくもりは彼女のもの。そして聞こえていた音は、彼女の鼓動《こどう》だった。

「え？」

「いや、何でもないよ」

「変なレイオス様………ふふ………」

忙《いそが》しい皇帝がわざわざ孝太郎の為《ため》にこうして時間を使っているという事は、どうやら彼女にはかなり心配をかけてしまったようだ――――エルファリアの笑顔《えがお》を見ながら、孝太郎はそんな事を感じていた。

「………情けない姿を見せたな」

こうなってしまえば、格好をつけても仕方がない。孝太郎は正直にエルファリアに詫《わ》びた。それにこの時のエルファリアには、不思議と安心感があった。

「いいえ、そんな事はありません。貴方《あなた》は人間です。敷《し》かれたレールに悩《なや》む、ごく当たり前の。あんな事があれば、悩むのは当たり前です」

エルファリアはそう言って微笑んだ。同時に彼女のしなやかな指先が、孝太郎の胸をそっと撫でる。その行動の意味は分からなかったが、そうされていると孝太郎は不思議と落ち着いた気持ちになった。

「そして私は……貴方《あなた》のまわりにいる人間の中で、唯一《ゆいいつ》貴方の母親になれる女です。情けない姿の一つも見せて頂かなければ、立場がありません」

エルファリアの笑顔の質が変わる。まるで全てを許し、受け入れるかのような。その時の言葉と笑顔で、孝太郎にはエルファリアが思っている事が伝わった。孝太郎は自分の母親の事をエルファリアに直接話した事はない。だが少女達《たち》を経由して伝わっているだろう事は想像に難《かた》くなかった。そして孝太郎がティアと結婚《けっこん》する場合、義理とはいえエルファリアは孝太郎の母親になれる。それが何を意味するのかは、孝太郎が今まさに体験している最中だった。

「お前がそういう風に言うのは意外だな」

エルファリアは孝太郎にティアとの結婚を勧《すす》めつつも、常に孝太郎とは一定の距離を取っていた。彼女は必ずギリギリのところで踏《ふ》み止《とど》まり、自分から皇帝と騎士《きし》の枠《わく》を越《こ》えようとはしなかった。だが今は違《ちが》う。明らかに大きく踏み込んで来ている。今の彼女は、一《いっ》般的《ぱんてき》な義理の母親が居る場所よりも、ずっとずっと深い場所に踏み込んで来て居た。まるで本当の母親にでも、なろうとするかのように。

「皇帝の私なら言わなかったかもしれませんが……貴方はずっと私をエルとお呼びになっておられますから」

「そうだったかもしれないな……」

もし孝太郎がエルファリアを皇帝扱《こうていあつか》いしていたら、彼女はこうする事が出来なかったかもしれない。だが孝太郎は彼女をエルと呼び、気軽に話しかけたり、紅茶を淹《い》れるよう要求したりした。それは皇帝に対する行動ではない。孝太郎にとっては、やはりエルファリアは二十年前に出逢《であ》ったエルという名の少女だった。そのおかげでエルファリアはここまで踏み込む事が出来たのだ。

「……心は、決まりましたか？」

「ああ」

「ならば、お付き合い致《いた》します」

再びエルファリアの笑顔の質が変わる。包み込むような優しさは変わらない。だが今はそこに、新たに決意と信頼《しんらい》が加わっていた。

――アライア陛下……？

その表情にはどことなく覚えがあった。その笑顔は二千年前の世界で出逢った少女、アライアが孝太郎に向けていたものとよく似ていた。それを不思議に思いながら、孝太郎は彼女に訊《き》き返した。

「俺が何をするつもりなのか、分かっているのか？」

彼女の立場上、お付き合いするという言葉は安易には出て来ない。孝太郎が何をするのか分かっているからこその言葉のように思えた。

「いいえ。レイオス様のお考えなら分かりますが、コータロー様のお考えは私には分かりませんから」

だがエルファリアは首を横に振った。そして穏やかな眼差しで孝太郎を見つめる。彼女は孝太郎が何をするつもりなのかは分からない。だが孝太郎が英雄《えいゆう》と本来の自分の違いに悩んでいる事は分かっていた。

「………そういえば、お前はずっと俺をレイオスと呼んでいたな」

「ですが、もう止めようと思っています。皇帝からレイオス様への言葉では、届かないような気がしますから………」

エルファリアはその時、孝太郎の胸を撫でていた手に僅かに力を入れ、その胸元《むなもと》を掴むかのような仕草をした。実際にそれで掴めたのは服だけだ。だが不思議と孝太郎は、胸のりアライアのそれとよく似ていた。

奥《おく》を掴まれたかのような気持ちを味わっていた。決して不快な感覚ではない。それはやは

「その上での言葉か」

「はい。絶対に、最後までお付き合い致します」

エルファリアが孝太郎をレイオスと呼び続けたのは、やはり距離を保とうとしての事だった。負担になりたくない、そういう思いがずっとあったのだ。だが彼女がどれだけ優秀《ゆうしゅう》であっても、その距離ではどうしても分からない事がある。逆に届かない事もある。そして今、どうしてもその距離が障害となっていた。だからエルファリアは最後の一線を乗り越えようとした。彼女も孝太郎の間近に立ち、共に背負わなければならないのだ。フォルトーゼが孝太郎に押《お》し付けてしまった重荷を。かつてアライアがそうしたように。

「簡単に言うなよ、そんな大事なこと」

孝太郎は軽く眉《まゆ》をひそめる。エルファリアは皇帝だ。その決断の意味は重い。何も分からないまま決めて良いような事ではなかった。

「簡単ではありません。実際にこう言えるようになるまで、二十年以上もの時間がかかりました」

エルファリアは苦笑《くしょう》する。孝太郎の解釈《かいしゃく》は間違《まちが》っている。これはエルファリアという女

性の決断の話なのだ。皇帝としての彼女の決断とは、また別の話だった。

「……………お前………」

どうやらエルファリアは青騎士《あおきし》ではなく、孝太郎を救う為に、距離を縮めようとしてくれているようだ―――孝太郎はエルファリアの笑顔の向こう側にあるものが何なのか、おぼろげながらに理解し始めていた。

「………やっぱり、簡単に言うなよ、そんな大事なこと」

だがそれはそれで大きな問題だ。エルファリアほどの女性がそういう決断をするのは、やはり重大な出来事だった。

「ふふ、言ったじゃありませんか、二十年かかったと………」

自分は孝太郎に相応《ふさわ》しくない。ここは娘《むすめ》のティアに任せよう。自分は孝太郎の母親になれればそれで十分だ―――彼女はそう思って孝太郎との距離を保ってきた。だが先日ティアに叱《しか》られ、そして今苦しんでいる孝太郎を見て、遂にその考えを改めた。自分の全てを注ぎ、孝太郎の力になろう。そうせねば救えない、そう思ったから。

「お前達はどうしてそんなに簡単に、全てを捧《ささ》げようとするんだ………」

「では………貴方はどうしてそんなに簡単に、英雄を最後までやり切ろうなどと思うのですか？」

「……そ、それは……」

　孝太郎は最初、自分を犠牲《ぎせい》にしようとするアライアの力になろうと思った。だが皇国の人々と触れ合ううちに、皇国そのものを大切に思うようになった。だから責任をもって英雄をやり切ろうなどという発想が出てしまう。そして孝太郎が普通《ふつう》の人間のままきちんと英雄をやり切ろうとしている事が分かるから、エルファリアや少女達は孝太郎に力を貸そうとする。かつて孝太郎がアライアに、そうしたように。

「誰《だれ》もが愛しているのですよ。貴方を。そして、必死に生きる人々を……」

「お前らは馬鹿だ。もっと身勝手に自分の幸せを追えばいいのに……」

「身勝手に追う事にしたから、こういう事になっているのですが」

「なら大馬鹿だ」

「フォルトーゼの皇帝に向かって大馬鹿と仰《おっしゃ》るとは……ふふふ、本当はちゃんと分かっておられるのですね？」

「……納得《なっとく》するのに、二十年かかるかもしれないがな」

　普段《ふだん》なら誤魔化《ごまか》していたかもしれない。だがこの時、孝太郎はそうせずにエルファリアの言葉を肯定《こうてい》した。誤魔化しが利《き》くような相手ではないし、この話題に嘘《うそ》を挟《はさ》みたくないという気持ちもあった。

「あっという間ですよ、二十年など」

「分かった分かった。お前には敵《かな》わないよ………」

孝太郎は苦笑する。かつての自分と同じ事をされているのなら、何を言っても効果はないだろう。だから孝太郎は二、三度頭を掻《か》いた後、勢いよく立ち上がった。

「………っし、それじゃあ、始めるとするか、エル」

そしてエルファリアに向かって手を差し伸《の》べる。孝太郎は彼女がその手を取る事を、微《み》塵《じん》も疑っていなかった。

「はい、コータロー様」

もちろん、エルファリアは迷わずその手を握《にぎ》り締めた。孝太郎には秘密だったが、二度と離《はな》さない覚悟でだ。こうして二人はしっかりと手を取り合い、二千年ぶりの大仕事に取り掛《か》かったのだった。


復活したマクスファーンは、グレバナスと一緒《いっしょ》に部屋に籠《こ》もる事が多かった。その理由は単純で、この時代についての理解が不足していたから学習が必要だったのだ。もちろんラルグウィンの知識を参照すればある程度は分かるのだが、それもやはり本を読む程度の効果しかない。それに軍人であるラルグウィンは、政治や経済、科学に関する知識は不足気味だ。そうなるとやはり政治家、そして指導者として必要になる情報を学習する必要があるのだった。

「………まさかこの歳《とし》になって政治、経済、科学、軍略の全てを学び直す羽目になるとはな」

この日の学習を終えたマクスファーンは、不満げにそう呟《つぶや》いた。二千年前の世界では、それらに関してマクスファーン以上の知識を持った者は居なかった。だがこの時代ではそうではない。今の彼はかなり下の方にいる。何事も一番でないと気が済まないマクスファーンだから、この状況には大きな不満があった。

『ホホホ、二千年後の世界というのは私達にとっては別世界。勝手の違いは仕方のない所でしょう。どのみち兵が揃《そろ》うまでは身動きが取れませんし』

教師役はグレバナスが務めている。復活が早かった分だけ、こうした学習は彼の方が先行していた。また怪《あや》しまれない為には、外部から教師を呼ぶ訳にもいかなかった。ちなみにこの勉強会は名目上は『ラルグウィンがグレバナスを呼んで軍議をしている』という事になっている。色々と苦労が多い勉強会なのだった。

「悠長《ゆうちょう》だな。宣戦布告はしてしまったのだぞ？」

　宣戦布告をしてしまったのに、暢気《のんき》に学習などしていて良いのか――このマクスファーンの疑問はもっともだろう。

『あれはどちらかと言えば兵集めの狼煙《のろし》です。それに皇家は我々の存在を既《すで》に知っているので、宣戦布告はあまり意味がありません』

　あの宣戦布告の効果は大きく二つある。一つ目の効果はもちろん戦争の開始を宣言する事だ。これなしにいきなり攻撃《こうげき》を開始するとテロ行為《こうい》になって国民の支持を失う。二つ目の効果は兵力を集める事だ。ああやって明確に宣言すれば、反政府勢力は共闘《きょうとう》ないし合流を求めてくる。マクスファーン率いる旧ヴァンダリオン派――改め、フォルトーゼ解放軍は兵力が不足している。その補充《ほじゅう》は早々に必要だった。

「敵は青騎士《あおきし》と皇帝……当然こちらの目論見《もくろみ》――帝位《ていい》の簒奪《さんだつ》は分かっているか」

『既に向こうはそのつもりで動いております。ですから宣戦布告は味方集めの効果しかございません』

　宣戦布告には敵に戦いの準備をする時間を与《あた》えるというデメリットがあるが、現時点で既にマクスファーン側の思惑《おもわく》は皇国軍側にバレている。だからそのデメリットは存在しておらず、宣戦布告をしても兵力の募集《ぼしゅう》や国政に不満を持つ国民へのアピールの効果しかないのだった。

「ふむ、それでどうなのだ、兵の集まり具合は？」

やはり戦争における最大の問題は兵力だ。兵士が居ない事には何も出来ない。未《いま》だに古い軍略の知識しかないマクスファーンだが、その点だけは二千年前と事情は変わらない。気になるポイントだった。

『上々です。各地に潜伏《せんぷく》していた旧ヴァンダリオン派と、元から存在していた反政府勢力が続々と合流や共闘を求めてきています』

寄らば大樹の陰という言葉があるが、これまでバラバラで散発的に活動してきた各種勢力が、一番大きい勢力であるフォルトーゼ解放軍に一本化されつつあった。バラバラに活動しているだけでは個別に鎮圧《ちんあつ》されるだけだが、こうする事でより効果的な活動が可能になるだろう。ひとまず状況はマクスファーン達の思惑通りに進んでいた。

「そうか。ならば武器はどうなのだ？」

次なる懸案《けんあん》は武器だった。残念ながら最大兵力では勝てないのは明らかだ。相手は銀河の半分を支配する大帝国《だいていこく》なのだ。その状況で国盗《くにと》りを成功させるには武器が相手と同等かそれ以上である事が絶対条件となる。それさえ出来れば、一点突破《とっぱ》を始めとする作戦の工《く》夫《ふう》で戦いようがあった。

『揃えさせています。この時代の兵器に加え、霊子力《れいしりょく》兵器もです』

二千年前の世界でマクスファーン達が敗北した理由は、武器が同等ではなかった事の影《えい》響《きょう》が大きかった。彼らが魔法と錬金術《れんきんじゅつ》――最初期の霊子力技術だ――しか持ち合わせていないにもかかわらず、青騎士《あおきし》側は最新の霊子力技術と二千年後の科学を持ち出してきたのだ。だからグレバナスはその対策に余念がない。自身でも準備をしてきたし、マクスファーンがラルグウィンの身体を奪《うば》った事で、旧ヴァンダリオン派の設備も丸ごと手に入った。フォルトーゼ側が安全保障上の問題で霊子力技術を公表していないので、現状では、むしろ積極利用が可能なマクスファーン達が有利だった。

「通常兵器に魔法は含《ふく》まれているのか?」

『もちろんでございます。それが我々の強みですから』

無論そこにはグレバナスが長年培《つちか》った魔法の力が加えられている。魔法は人間そのものに根差した力である為、武器の大量生産には向かない。グレバナスがフォルサリアから連れて来た魔法使い――彼を復活させた者達の残党――の人数には限りがあるのだ。だが要所要所では使われている。例えば戦闘機《せんとうき》を作る上で、このネジの強度を上げられれば性能の向上が期待できる、というようなボトルネックの解消に魔法を使うやり方だ。他にも単純に少数の精鋭《せいえい》部隊が使う武器に魔法をかける、などというやり方もある。そうやって魔法を無駄《むだ》なく効率的に使う事で、彼らが率いるフォルトーゼ解放軍全体の戦闘《せんとう》能力は大きく向上していた。

「だが、それだけでは勝てん」

『……シグナルティン、王権の剣《つるぎ》でございますな』

フォルトーゼに伝わる伝説の剣、シグナルティン。まだフォルトーゼが大陸の片隅《かたすみ》にある小さな王国であった頃《ころ》から、代々その指導者が振《ふ》るってきた。シグナルティンは王位を示し、天地を裂《さ》く程の力を持っている。その強大な力は、実際に戦った事があるマクスファーン達が一番よく知っていた。そしてシグナルティンは二千年経った今も健在で、憎《にく》むべき敵・青騎士《あおきし》の手の中にある。シグナルティンは普通の魔法の武器とは本質的に違っていて、より大きな何かに繋がっているのは明らかだった。何の対策もしなければ、マクスファーン達は再び敗れ去るだろう。青騎士による一点突破を防げないからだ。実際、二千年前に敗れたのはその理由も大きかった。

「……問題ない。青騎士の相手は俺《おれ》がする」

だが今回のマクスファーン達には切り札があった。いつからいたのか、その切り札は暗《くら》闇《やみ》の中からゆらりとその姿を現した。

「貴様か、灰色の。出来るのか?」

「俺の剣はヤツの剣と同等の力がある」

ガシャ

切り札とは灰色の騎士、そしてその腰《こし》に下がる灰色の剣だ。その剣はシグナルティンとは真逆の、混沌《こんとん》の力を帯びている。シグナルティンが頂点に立つ者の力なら、この剣はそれ以外の雑多なものの力だ。この剣があれば、シグナルティンと同等に渡《わた》り合う事が出来る筈《はず》だった。

「頼《たの》もしいな。だが私はまだ貴様を信用していない。違う世界の人間とはいえ、私をこの世界から追放した男なのだからな」

だがマクスファーンは不満げだった。灰色の騎士の正体は別の世界からやってきた、この世界に居るものとは全く別の青騎士だ。別の歴史を辿《たど》ったとはいえ、マクスファーンにとっては憎むべき相手だった。

「それはお互《たが》い様《さま》だ。だが奴《やつ》を倒さねばならないという利害は一致《いっち》している。そこのグレバナスとは話がついている筈だが」

確かにお互いに憎むべき敵ではある。だが灰色の騎士も彼らを必要としていた。本来の目的の為に大きな戦いが必要だというのはもちろんなのだが、戦術的な事情もあった。灰色の騎士は青騎士と戦えるが、その青騎士に辿り着く為には大量の兵士達を倒して進む必要があった。彼はその役目をマクスファーン達に求めているのだ。そうやって双方《そうほう》に必要性があったから、灰色の騎士とグレバナスは共闘を選んだ。それはマクスファーンにとっても同じだろう――灰色の騎士はそう踏んでいた。

「グレバナスとの約束など関係ない――と言いたいところだが、二千年尽《つ》くしてくれる忠臣はなかなかおらん。ここはお前の顔を立てよう、グレバナス」

気に入らない共闘ではある。だが現実問題として必要なのは確かだった。そこでマクスファーンは怒《いか》りを抑《おさ》え込《こ》み、実利を取って共闘の継続《けいぞく》を選んだ。とはいえ今も不満げではあったのだが。

『ありがとうございます、マクスファーン様』

グレバナスは誰が見てもわかるくらいにそのしわくちゃの顔を歪《ゆが》め、あからさまに安堵《あんど》していた。ここで両者が決裂《けつれつ》すると戦いの構図が変わってしまい、戦略を練るところからやり直さなければならなかった。それは国盗りの大きな後退であり、宣戦布告後のこのタイミングでは実質的には敗北に近い状況《じょうきょう》に至る。それを避《さ》ける事が出来たので、彼は大きく安堵していたのだった。

――とはいえ油断ならない相手なのはマクスファーン様が仰る通り……どこかの適切なタイミングで、始末する必要があるな……。青騎士《あおきし》を始末した後？　いや、それは向こうも考える……ならば戦いで弱った時に、二人まとめて……？

だがグレバナスは決して油断していない。灰色の騎士はいつまで味方なのか分からないのだから。こうしてグレバナスは、その安堵の表情の裏で、灰色の騎士を始末する方法を考え始めた。


孝太郎と賢治がキャッチボールをするのをしばらく眺めた後、ティアは皇宮《こうぐう》にある司令室に移動した。孝太郎が行動を開始するのに備えて、準備をする為だった。

「……まったく、心配させよってからに……」

コンピューターの人工知能がまとめてくれた報告に目を通しながら、ティアは不満そうな言葉を呟く。だがその表情は言葉とは逆で、決して不満そうではなかった。むしろ安堵しているかのような、明るい表情だった。

――マッケンジーを連れて来て良かった。我らだけではもうしばらく時間を浪費《ろうひ》したじゃろう……。

少女達は落ち込む孝太郎の姿を前にして、完全に足並みが乱れた。為《な》すべき事が手に付かなかったのだ。少女達の誰もが要職にある以上、それはそのままフォルトーゼや大地の民、フォルサリアの足並みが乱れるという事にも繋がる。だが賢治のお陰《かげ》でそこまで波及《はきゅう》する前に解決しつつあった。孝太郎そのものと世界の安定、二重の意味でティアは安堵していた。

『殿下《でんか》、何か仰いましたか？』

ティアの呟きを拾い上げ、人工知能がそう訊《たず》ねる。ティアの呟きが命令であったかもしれないと考えての事だった。

「なんでもない。ただ心配事が片付いたのでのう、安心して言葉が零《こぼ》れただけじゃ」

ティアは笑顔でそう答える。少し前までなら、イラついてもう少しきつい言い方になっていたかもしれない――――そんな事を思いながら。

『左様ですか。それは宜《よろ》しゅうございました』

「ところで『青騎士《あおきし》』よ、フォルトーゼ解放軍に関する報告が多くないようじゃが」

ちなみにこの人工知能は宇宙戦艦《せんかん》の『青騎士』に搭載《とうさい》されていたものだった。終戦後に皇宮の司令室を改装する際、大破した『青騎士』からこの場所に移されたのだ。その際に対話モデルのアップデートや各種データの更新《こうしん》なども行われている。そして最終的には新造された『青騎士』の方にも搭載される予定となっていた。

『フォルトーゼ解放軍の情報管理は徹底《てってい》しており、未だに中核的《ちゅうかくてき》な情報には触れられておりません』

「その辺りはラルグウィンの功績がまだ生きておるのじゃな」

『しかし……例の宣戦布告で少し隙《すき》が出来ている可能性がございます』

「ふむ、申してみよ」

『その前に、これより皇帝陛下とベルトリオン卿《きょう》が御入室《ごにゅうしつ》されます』

ティアが『青騎士』により詳《くわ》しい説明を求めようとした、その時だった。

プシュッ
空気が抜《ぬ》ける時のような小さな作動音と共に、司令室のドアが開いた。すると開いたドアの向こう側からその声が聞こえて来た。

「……お前、性格悪いな」

「ああっ、皇帝に向かってそのような暴言を⁉」

「お前なあ、こういう時だけ皇帝になるなよ」

「というか、今だからこそ皇帝であるべきです。コータロー様もですよ？」

「あー、もう司令室だったか」

『皇帝陛下とベルトリオン卿が御入室です！』

孝太郎とエルファリアの声に続いて『青騎士《あおきし》』が二人の入室を部屋全体に告知する。すると部屋に詰めている皇国軍の兵士達が一斉《いっせい》に二人に向かって敬礼した。孝太郎とエルファリアは総司令と皇帝。この場所で最上位の権限を持つ二人だった。

「ようやく来たか。やれやれ……」

一緒に司令室へ入って来た二人を見て、ティアは安堵した。特に孝太郎が普段通りの表情に戻《もど》っている事に大きく安堵していた。

「コータロー様、これまで皆《みな》はずっと心配しておりました。最初に一言あった方が良いですよ？」

「はい？」

「分かってるよ、心配するな。まるで――」

「――いや、何でもない。お前もしっかりやれ」

「はい、お任せ下さい」

何か喋《しゃべ》りながら一緒に入って来た孝太郎とエルファリアだったが、すぐに別れてそれぞれの席へ向かう。司令室は大まかに軍事側と政治側で席が別れている。そして二人はそれぞれの最高位の席に着いた。青騎士と皇帝、ここからはそんな二人が必要だった。

「……しかし、ふふふ……コータロー様、か……母上……」

孝太郎は司令室に入るまで普段通りの振る舞《ま》いをしていた。エルファリアは孝太郎の事をコータロー様と呼んでいた。そして二人が離れ際に交《か》わした何気ない視線。それらが何を意味するのか、ティアには誰よりもよく分かっている。そして分かっているから、彼女は上機嫌《じょうきげん》だった。そうやって何気なく席に着いた二人を見ていたティアだったが、その視界の中で孝太郎が改めて席を立った。

「……最初に私から一言、諸君らに言っておきたい」

その孝太郎の一言で部屋は静まり返り、そこにいる全ての人間の視線が孝太郎に集まった。ここに居るのは孝太郎達《たち》だけではない。政治側、軍事側、そして警備の人員。全部で数十人の人間が孝太郎を見つめていた。

「ご存知《ぞんじ》の通り、私はここしばらく調子を乱していた。ラルグウィンとは面識があり、長く戦って来た事もあって、彼が身体を奪われた事には思うところがあった。そして奪ったのは私とアライア陛下の仇敵《きゅうてき》であるビオルバラム・マクスファーンだ。結果動揺《どうよう》し、しばらく役目から遠ざかっていた。まずはその事を素直《すなお》に詫びたいと思う」

孝太郎はエルファリアの勧めに従い、部屋に集う者達に言葉をかけた。エルファリアが言う通り、ここしばらく足を止めていた事に関しては、孝太郎も詫びるべきだと感じていたのだ。

「この問題は私が騎士であり続ける事と、切っても切れない関係にあった。敵の復活を阻《そ》止《し》する為に、別の命を犠牲にする事は是《ぜ》か非か。阻止の為の戦いの中でなら、多少の犠牲が出るのはある程度仕方がない事だとは思う。だが戦いの外で誰かにその命を犠牲にする事を強《し》いるのはどうなのか、果たしてそれをして勝つ意味はあるのか、しかし国民の犠牲は減るかもしれない――――そういう非常に難解な問題だった。それを前にして、私は立ち竦《すく》んだのだ」

孝太郎は素直に胸の内を語った。もちろんファスタに関する事等の、細かいディテールは伝えなかった。それでも感じた事は全て伝えた。そうする事が一緒に戦う者達への誠意だと思うから。

「だが友人が教えてくれた。何が正しいのか、分からない事もあるのだと。そして答えが出なくても立ち上がるべき時があるのだと。だからここへ戻った。未だ問題の答えは得られていないが、それでもフォルトーゼの騎士として、やるべき事があるのだ」

孝太郎が悩んで立ち止まろうと、他の者は動き続ける。ファスタはラルグウィンを奪還《だっかん》しようとするだろうし、敵は待ってくれない。時には得られない答えを追うのを止め、やるべき事をやらねばならないのだ。

「私は今回の件で改めて思い知った。人間には限界がある。一人では解決出来ない、答えが出ない問題は確かにあるのだ。だからこそ諸君らの助けが要《い》る。もし誰かが答えが出ずに立ち止まっても、他の者が答えを、あるいは答えに近い何かを持っているかもしれない。そうやって助け合って進んで行けば良い。かつてアライア陛下が目指し、今も皇家の皆様《みなさま》が目指しているその場所へ！」

その時に助けになるのが仲間の存在だ。孝太郎はそれを、賢治とエルファリアに教わった。賢治は答えを持っていた訳ではない。エルファリアもそうだ。だが賢治が道を示し、エルファリアは何があろうと共に歩むと微笑《ほほえ》んだ。そしてそれは恐《おそ》らく、この部屋に集う全ての者達についても同じ事が言えるだろう。彼《かれ》らは孝太郎に道を示し、共に歩む者達なのだ。

「では始めるぞ、諸君。敵は大魔法使《だいまほうつか》いグレバナス、そして仇敵ビオルバラム・マクスファーン！　彼らを倒し、フォルトーゼと国民を守る！」

起こった事はもはや変えられない。そして答えがなくとも、やらなければならない事がある。マクスファーンの野望を挫《くじ》くのだ。その課程でラルグウィンを救う。それが今やれる事。そして騎士の道。孝太郎にはもう迷いはなかった。

「諸君らの働きに期待する！　以上だ！」

孝太郎がそうやって話を終えると、司令室は大きな歓声《かんせい》に包まれた。青騎士《あおきし》は伝説の英《えい》雄《ゆう》で国を救った実績が二度もあったが、それでも彼が悩み、身動きが取れずにいる状況は誰にとっても不安だった。だが司令室に集う者達はもう心配していない。彼らは自分達が誰よりも信じている伝説の英雄が再び立ち上がった事を知っている。ならば共に戦い、共に勝利を勝ち取る。彼らにも、もう迷いはなかった。

孝太郎の話が終わると、すぐに活発な議論が始まった。政治側、軍事側双方から様々な情報が報告され、それらに関する意見が交換《こうかん》された。その結果浮《う》かび上がったのは、やはりラルグウィンは手強《てごわ》かったという事、そして彼が居なくなった事で多少付け入る隙が生じているかもしれないという事だった。

「ラルグウィンが敷いた情報管制は徹底しておる。悔《くや》しいがそこは認めない訳にはいかないようじゃ。が、ヤツが居なくなった事で、多少綻《ほころ》びはあるようじゃ」

「綻び？」

「旧ヴァンダリオン派――――今はフォルトーゼ解放軍か。その指揮はラルグウィンからマクスファーンに移った。彼らの考え方の違いから、その鉄壁《てっぺき》の情報管制に若干《じゃっかん》の隙が見えたのじゃ。クラン、続きを頼む」

この情報を掴《つか》んだのはティアだったが、分野としてはクランの方が詳しい。この先はティアに代わってクランが孝太郎に説明した。

「ラルグウィンは各拠点《きょてん》を幾《いく》つかの層に分け、自由な情報交換はその層の中でだけ行っておりましたの。そして層と層の間での情報や物資のやり取りは、特定の場所とタイミングでのみ行う事で、わたくし達――ええと、この場合は諜報部《ちょうほうぶ》ですわね。諜報部の追跡《ついせき》を避けておりましたの」

クランは政治側の科学技術省と、軍事側の諜報部に跨《また》って在籍《ざいせき》している。彼女の突出《とっしゅつ》した技術が双方で求められているのだ。だがそのクランの力とそれぞれの組織の力をもってしても、旧ヴァンダリオン派の尻尾《しっぽ》は掴めなかった。到達《とうたつ》したのは良いところで一層目か二層目までであって、その先は闇《やみ》の中。そもそも何層あるのかも分かっていなかった。

「しかし例の宣戦布告を切っ掛けに、その鉄壁の守りが揺《ゆ》らいでおりますの」

「宣戦布告？　あれがか？」

思わぬ言葉に、孝太郎は不思議そうにクランを見る。するとクランは大きく頷《うなず》いた。

「そうですわ。わたくし達はあの宣戦布告を、国民と反政府勢力へのアピールの為の狼煙だと考えておりますの」

「なるほど、俺――いや、私達はもう向こうの意図を知っている。だから私達に対しては全く効果がないな」

孝太郎は自分の事を『俺』と言いかけたが、すぐに『私』と言い換《か》えた。今は今後を決める軍議の最中だ。司令官として振《ふ》る舞《ま》う必要があった。

「ええ。そもそもわたくし達は既に戦闘態勢になっている。知らないのは国民と、そして各種の反政府勢力」

「国民に知らせた意味は分かる。知らせずに開戦するとテロリスト扱《あつか》いになるもんな」

戦争は外交における最後の手段と言われるが、それが外交である以上は戦争にも正しい手続きがある。その一つが宣戦布告、戦争状態に入るという宣言だった。これを欠いた状態で戦争を始めると、いわゆる戦争犯罪となる。外交の結果としての戦争ではなく、私利私欲から出たテロ行為だとされてしまうのだった。

「大まかにはそうですわね。でも、ここで重要になってくるのは後者、反政府勢力の方ですの」

ピッ

クランがコンピューターを操作すると、司令室の中心あたりに表示されていた立体映像が変化する。これまでは旧ヴァンダリオン派の情報が幾つか表示されていたのだが、それが別の情報、反政府勢力の情報に切り替《か》わった。

「多いな。反政府勢力の情報はここまで押さえていたのか」

反政府勢力の情報は一つや二つではなかった。情報は多過ぎて重なり合い、その全てを把握《はあく》しきれない程《ほど》だった。

「ええ。彼らは自己主張が強い。ラルグウィン程の自制がなかったんですわ。だから尻尾を掴むのはそう難しくはありませんでしたの」

そもそも国を変えようという意図の持ち主達なので、自分達の意見は常時発信し続けている。だからその情報を辿れば彼らを捕捉《ほそく》できる。主張を発信せず淡々《たんたん》と戦いに備えたラルグウィン一派の方が、むしろ例外的な存在と言えるのだった。

「対処はしていないのか？」

「しましたわ。その残りがこれですの」

「そうか……銀河が広いと、厄介《やっかい》だな」

やはりこれもフォルトーゼが大きくなり過ぎたせいだと言える。銀河の半分を占《し》める超《ちょう》大国《たいこく》なので、反政府勢力も同じ規模で存在している。そして同じ思想の持ち主も銀河の各地からやってくる。そのせいで反政府勢力も尋常《じんじょう》ではない数になるのだった。

「もっとも……軍事活動が出来る程の規模のものは、ほんの僅《わず》かなのですけれど」

「脅《おど》かすなよ。これが全部敵なのかと思ったぞ」

孝太郎は苦笑する。反政府勢力にも平和的なものと攻撃的《こうげきてき》なものがあり、そして攻撃的なものの中に軍事行動をするものが存在している。つまり全体からすると軍事行動を起こす規模の反政府勢力は各星系に一つあるかどうかという程度で、今表示されている規模ではないのだった。

「実際には軍事活動できる勢力はこの規模ですわね」

立体映像で表示されていた、多くの反政府勢力の情報が消える。残りは数十といったところで、映像の重なりが解消されて一つ一つの情報が確認《かくにん》出来るようになった。とはいえこれでも十分に多かったのだが。これ以外は今のところ危険性はなく、対処はこうした者達《たち》に絞《しぼ》って行われてきた。思想の自由はフォルトーゼでも保証されているので、反政府思想というだけでは処罰《しょばつ》や対処の対象ではないのだった。

「さて、問題はここからですわね」

クランは表示を元に戻した。再び膨大《ぼうだい》な情報が表示される。

「これらの反政府勢力の多くが、マクスファーンの宣戦布告を知って活動を活発化させましたの。この状況を好機と見た訳ですわね」

マクスファーン――――反政府勢力の認識《にんしき》ではラルグウィン――――が兵を起こせば、多かれ少なかれ国は乱れる。もちろん国民の不満も高まる。その状況なら反政府活動はやり易《やす》くなるし、仲間も増やし易い。まだ武装蜂起《ほうき》こそないものの、反政府勢力としては組織を拡大し、存在感を示すまたとないチャンスだった。

「そしてその中で、多くの組織がある行動を取ったんですの」

「それは?」

「フォルトーゼ解放軍との合流ですわ。彼らはマクスファーン達に接触《せっしょく》して、その傘下《さんか》に収まろうとしているんですの」

武装していた反政府勢力の大半と、非武装の勢力の何分の一かが、フォルトーゼ解放軍との合流を望みコンタクトを試みていた。もちろんこの動きをマクスファーン達が予想していない筈はないだろう。既に受け入れ態勢を整えているであろう事は、想像に難《かた》くなかった。

「なるほど、これがさっき言っていた隙か」

孝太郎にもクランが言わんとしている事が分かってきた。するとそんな孝太郎の言葉にクランは再び大きく頷いた。

「御明察《ごめいさつ》ですわ。合流するという事は、兵力の移動があるという事。移動する反政府勢力の部隊を追えば、マクスファーン達に辿り着ける筈ですわ!」

マクスファーン達の情報管制が強固で尻尾を掴めなくても、反政府勢力は必ずしもそうではない。そして今、彼らは兵力の増強の為《ため》に合流しようとしている。だから反政府勢力を追えばマクスファーンの拠点に辿り着く。これはマクスファーン達が一気に兵力を増強しようという、ラルグウィンとは違《ちが》う行動を取り始めたからこそ生じた隙だった。

「確かに良い作戦だな。それで……反政府勢力にスパイを潜《もぐ》り込ませたりはしていないのか？」

既にスパイが潜り込んでいるのなら、その報告を待つだけで済む。だがクランは首を横に振った。

「まだですわ。そもそも数が多いのと、このリスクをラルグウィンが無視するとは考えておりませんでしたの」

「そりゃあ……そうだよな」

残念ながら反政府勢力にはまだスパイは潜り込んでいなかった。諜報部の人材にも限りがあるので、大半がフォルトーゼ解放軍の情報収集に振り向けられていた。だから反政府勢力に関しては、武装している組織の近くまでは行っているものの、遠巻きに情報を集めている状態だった。加えて指導者がラルグウィンであれば、こういう乱暴なやり方で兵力の強化はしない筈だ――――クランと諜報部はそう考えて十分な人員を割《わ》り振っていなかった。こればかりはマクスファーンがラルグウィンの身体を乗っ取るというイレギュラーな出来事が絡《から》んでいるので、仕方のないところだろう。

「じゃあ今からどこかへ潜り込むって事か。どう思う、藍華《あいか》さん？」

「相当な手練《てだ》れが必要です。出発するところまでは大丈夫《だいじょうぶ》でしょうが、受け入れの段階で各種技術を使ったチェックがある筈です」

真希《まき》の表情は厳しい。仮にマクスファーン達がラルグウィン程に慎重《しんちょう》ではなくとも、受け入れが全くのノーチェックであるとは考えにくい。霊子力、魔法《まほう》、フォルトーゼの科学力、その全てを使った検査が行われる事は間違いないだろう。

「じゃあ、合流しようとする宇宙船を追跡するって事か？」

『それはお勧《すす》めしないぞ、青騎士《あおきし》』

普段はこういう話題にはあまり口を出さないアルゥナイアだったが、この時ばかりは状況を鑑《かんが》みて口を挟んだ。そんなアルゥナイアに静香《しずか》が不思議そうな視線を向ける。

「どういう事、おじさま？」

『儂《わし》らにはお前達の宇宙船が転移――確か空間歪曲《わいきょく》航法といったか？　ともかく船が次元の壁《かべ》を超《こ》える時に出す波動が見える。グレバナスが儂と似たような能力を持つ魔物《まもの》を従えていれば、すぐに見つかるぞ』

アルゥナイアは火竜《かりゅう》の帝王《ていおう》。強力な魔力《まりょく》を備えた彼には時空を飛び超《こ》える能力が備わっているのだが、そういう能力を安全に使う為には、出現先の環境《かんきょう》を正しく観測する必要がある。本能的な能力なので観測範囲《はんい》はそれほど広くはないが、その分だけ正確で敏感《びんかん》だ。もしグレバナスがそれと同じような能力を持つ魔物を使い魔《つかま》として使役《しえき》していれば、最悪の形で追跡は失敗するだろう――アルゥナイアの言葉はそういう意味だった。

「わたくしの『朧月《ろうげつ》』もそうでして？」

『実はぼんやりとだが見えている』

「それではお手上げですわね。まったく、参りましたわ……魔物の野生の勘《かん》で科学が封《ふう》じられるとは……」

極《きわ》めてステルス性が高い『朧月《ろうげつ》』をもってしても、アルゥナイアの感覚からは逃《のが》れられていない。彼はそうした探知のエキスパートではないにもかかわらず、だ。となればグレバナスも同じだと考えた方が良いだろう。クランはお手上げとばかりに肩《かた》を竦め、大きく溜《た》め息《いき》をついた。

「結局、反政府組織に潜入《せんにゅう》するしかないようですね」

晴海《はるみ》がここまでの話をまとめる。こっそり潜入して反政府組織に同行、マクスファーン達の拠点まで連れて行って貰《もら》う。状況によっては連れて行って貰わずとも情報が得られるケースも想定される――例えば盗聴器《とうちょうき》を付けたり、有力者を尋問《じんもん》したり――が、どうあれ一度潜入《せんにゅう》する必要はありそうだった。

「せんにゅーってもさ、誰《だれ》が行くの？」

晴海の言葉を受け、早苗《さなえ》が首を傾《かし》げる。真希も言っていたが、潜入には非常に高い技術が要求される。特に脱出《だっしゅつ》してくる時がそうだった。

「対応力が高い人間が望ましいじゃろう。……正直わらわでは駄目《だめ》じゃな」

ティアはぶすっとした表情でそう断じた。普通《ふつう》に考えると孝太郎達の誰かが潜入するのが良いだろう。相手がマクスファーンであれば一般《いっぱん》の兵士達には荷が重い。だが一本調子の自分では駄目だ。他の機転の利《き》く人間が必要だ。成長したティアはそうやって自分の欠点を認められるようになったが、決して悔しくない訳ではなかった。

「ならば我《われ》が行こう。しばらくぶりに我が役に立てる局面だ」

立候補したのはキリハだった。確かにキリハなら間違《まちが》いはないだろう。頭の回転の速さは尋常ではなく、あらゆる状況に的確に対処できるだろう。戦闘能力で若干劣《じゃっかんおと》るのが問題ではあるが、同行するメンバーを厳選すれば問題ない――孝太郎はそのように考えて承認《しょうにん》しようとした。だが政治側から激しい抗議《こうぎ》の声が上がった。

「お待ち下さいっ、キリハ殿《どの》！　今キリハ殿に何処《どこ》かへ行かれてしまっては、国内の多くの問題が頓挫《とんざ》してしまいます！　それだけはどうかご容赦《ようしゃ》を！　潜入は別の方にお願いしたく存じます！」

　その声は内務大臣のものであったが、それが政治側の総意である事は疑いようがなかった。現在のフォルトーゼは復興と並行《へいこう》して新たな敵との対決が鮮明《せんめい》になりつつあり、キリハの頭脳に頼《たよ》る局面が非常に多くなっていた。内政、外交、軍事、経済の全てで、キリハが知恵《ちえ》を貸している分野は少なくない。それが僅か数日の事であっても、キリハが皇宮から動く事は大きな損失だった。その損失はエルファリアが数日居なくなる場合に次ぐ水準であり、この重要な局面にはなくてはならない人物だった。

「ふむ………」

「諦《あきら》めよ、キリハ。そなたは天才過ぎるのじゃ。わらわと一緒《いっしょ》に留守番じゃ」

「………仕方ないな」

　キリハは小さく苦笑《くしょう》し、ティアに同意した。日頃《ひごろ》から後方にいる事が多いキリハなので、今回こそは孝太郎の隣《となり》で役に立とうと意気込《いきご》んでいた訳だが、そういう訳にはいかなくなった。それが残念でならないキリハだが、ティアが我慢《がまん》しているので仕方ないと自分に言い聞かせた。

「じゃあじゃあ、ここはナナさんの出番ですねぇ！」

キリハとは逆に、ゆりかは上機嫌でそう提案した。天才が行けないなら、もう一人の天才を派遣《はけん》しよう——それは非常に安易な発想だったし、師匠《ししょう》を自慢《じまん》したいゆりかの願望が多分に含まれているのだが、耳にした誰もが納得《なっとく》の人選だった。

「お願い出来ますか、ナナさん？」

孝太郎は即座《そくざ》にナナに尋《たず》ねる。孝太郎もナナなら文句はなかった。キリハが戦略レベルの天才であるとするなら、ナナは戦術レベルの天才だ。キリハ程ではないが頭は切れ、戦闘能力等ではキリハを圧倒《あっとう》している。この任務には適役に思えた。

「良いわよ。里見《さとみ》さんが来てくれるなら」

ナナは任務自体には文句はなかった。ただし自分の容姿が幼い少女のようである事だけは問題だと思っていた。軍事的な組織に潜り込むとしたら、この容姿は絶望的なまでに足を引っ張る要素だ。ここは背の高い人間、出来れば男性が居ると助かる。そうなるとこの場所で最適な人間は孝太郎、という事になるのだった。

「最初からそのつもりでしたけど」

孝太郎も他人に危険を押《お》し付ける事は考えていなかった。最初からナナと一緒に行くつもりでいた。本当の事を言うと、ただナナが心配だったのだ。ナナの中には背伸《せの》びをする子供が隠《かく》れている。天才だからと放ってはおけない孝太郎だった。

「あ、あら、そう？　なら良いんだけど……」

ナナの方はもしかしたら駄目かもしれないと思っていた。孝太郎はエルファリアと同等かそれ以上の要人なのだ。だから若干拍子抜《じゃっかんひょうしぬ》けしているナナだった。

「では私も同行します。魔法使いが一人いた方が良いと思いますので」

そんなナナの内心を知ってか知らずか、真希が同行を申し出た。彼女《かのじょ》が同行したいと思うのは、単純に孝太郎を守る為だ。真希は自分の手が届かない場所で孝太郎が傷付くのが我慢ならないのだった。

「そうね、その方が良さそうだわ」

戦闘力《せんとうりょく》は全員が高め。魔法は真希が、霊力《れいりょく》は孝太郎が扱い、ナナが指揮を執《と》る。ざっと頭の中で計算したナナは、これなら大丈夫そうだと大きく頷いた。

「よろしく頼むよ、藍華さん」

「はい！」

孝太郎の言葉に真希は力強く頷いた。他の者達からも異論は出なかった。こうして孝太郎と真希とナナは、三人で反政府組織に潜り込む事になったのだった。

潜入作戦　十二月十八日（金）

フォルトーゼで辺境と言われる星系は、言葉通りに大半は移動が可能な範囲の外縁《がいえん》部にある。だが意外な事に、残りはフォルトーゼ本星から遠過ぎず近過ぎずの位置にある。それが起こったのは、宇宙移民時代の歴史と科学技術の発展の影響を受けての事だった。

宇宙移民時代に入ったばかりの頃のフォルトーゼは、その当時の技術によって無理なく移動できる範囲内《はんいない》にある星系を開発していった。だが当時の空間歪曲航法は現行のそれの何分の一かしか移動できなかった。単純に出力も問題だったのだが、空間歪曲航法には移動時に生じる誤差を許容できる広大な何もない空間が必要であり、そういう空間が必ずしも移動可能な範囲内にあるとは限らなかった。結果的に開発が可能な領域は、その範囲に縛《しば》られる事となった。

だが時代が進んで行くにつれて科学技術は発展、空間歪曲航法の移動可能な距離《きょり》は飛躍《ひやく》的《てき》に向上した。再使用までの時間やコストも軽減され、結果的に初期の頃とは比べ物にならないくらい遠方までの移動が可能となった。これによって長距離《ちょうきょり》移動の中継《ちゅうけい》地点となっていた星系が寂《さび》れていった。そうした星系は元々その場所に価値があったのではなく、補給や整備、各種の商品の仲買などで発展していたので、多くの船が通り過ぎてしまうようになれば寂れるしかなかったのだ。

経済というレベルで見ると、そうした辺境星系は発展に取り残された魅力《みりょく》の乏《とぼ》しい地域という事になる。だが反政府勢力にとってはこの上なく魅力的《みりょくてき》な立地だ。あまり人が寄り付かず、それでいてフォルトーゼ本星へのアクセスは悪くない。単に立ち寄る必要がなくなっただけで、別にこの場所が不便という訳ではないのだった。

「………前に行ったイコラーンと似たような状況って事か」

今回の目的地について説明を受けた孝太郎《こうたろう》は、かつて訪《おとず》れた事がある惑星《わくせい》イコラーンを思い出していた。イコラーンがあるダルガマラン星系は鉱物資源に恵《めぐ》まれており、宇宙移民時代初期には中継地点として発展した。だが技術の発展と共に立ち寄る者が減り、今では鉱物資源を運ぶ輸送船ぐらいしか飛んでいない。そしてそのイコラーンには、ラルグウイン一派の製造拠点があった。

「単に航路が便利というだけではなく、使われなくなった建物も港もある。武装した反政府組織が潜《ひそ》むにはうってつけの場所という事じゃ」

ティアは不満そうにそう説明する。皇家の人間として、反政府勢力が存在している事には思うところがあるのだ。そんなティアに晴海《はるみ》が手を挙げて質問した。

「ティアミリスさん、使われなくなったという事は古い設備だと思うんですが、今も使えるんですか?」

辺境地域は徐々《じょじょ》に過疎《かそ》化して使われなくなっていったので、残された建物は今もきちんとした形を留《とど》めているものが多い。しかし新しいものでも数十年前の代物《しろもの》であり、その中にある機器が十分な機能を果たすのかどうか——晴海はそこに疑問を覚えたのだ。

「完璧《かんぺき》な状態のものは少ないですわね。ですが複数の施設《しせつ》から動く装置を集めれば、不便ながらも運用は可能であるようですわ」

そんな晴海の疑問に答えたのはクランだった。確かに廃墟《はいきょ》の中から完全に動作する施設を見付け出すのは困難だったが、複数の不完全な施設の設備を移動して一つの施設を作り上げる事は不可能ではない。こうした場所に潜伏《せんぷく》する組織は、多くがそのようにして活動していた。

「今の規格と合うんですか?」

「基本的に各種技術のプロトコルは後方互換《ごかんせい》性を維持《いじ》していますの。こういう時代ですから、どうしても銀河の端《はし》と端の技術には多少の違いが出来てしまいますから、宇宙港などは幾らか世代を遡《さかのぼ》れば規格が合うようになっていますのよ」

技術は常にアップデートされている事が望ましい。だがこの広い宇宙ではアップデートし続ける事が難しい場合もあるし、地域毎《ごと》に独自の進歩や改良があったりもする。そういう場合も過去のバージョンとの互換性だけは保っておけば、お互《たが》いにそこに合わせる事で問題なく利用出来る。宇宙船が宇宙港へ自動的に着陸する場合等がその典型例だった。

「はぁ……銀河が広いと、そういう苦労があるんですね……」

そうやって晴海がクランの言葉に感心した、その時の事だった。オペレーター席にいたルースが報告した。

「見えてきました、惑星タウラス・コボンです」

孝太郎達を乗せた『朧月《ろうげつ》』のカメラが目的地の姿を捉《とら》えていた。それが孝太郎達の目的地、問題の反政府組織が潜む惑星タウラス・コボンだった。

惑星タウラス・コボンはその名が示す通り、タウラス・コボンという人物が開拓《かいたく》を始めた惑星だった。彼は開拓民《かいたくみん》の最初の指導者であり、初期の厳しい時期を強いリーダーシップで乗り切った偉人《いじん》として今も尊敬されている。だから後年その名が惑星の名に冠《かん》されのだ。

この惑星も先述のイコラーンと同じく、空間歪曲航法の中継地点として発展してきた経《けい》緯《い》がある。だが基幹産業は農業であり、開拓初期から食料の生産をして周辺星系に輸出する形で収益を上げて来た。要するに人が食料の買い付けに集まるので、一緒に色々なものを売れば良いんじゃないの——という形で発展してきたのだ。この結果、科学技術の進歩で衰退《すいたい》が始まっても、イコラーン程の大きな衰退はしなかった。取扱《とりあつかい》量《りょう》は減ったが、周辺星系の住人が食料や生活必需品《ひつじゅひん》を必要とする構図は変わらないからだった。

「上から見た時も思ったけど、綺麗《きれい》な星ですね」

孝太郎達は既《すで》にタウラス・コボンの地表に降り立っていた。イコラーン程《ほど》衰退《すいたい》していないという事は、つまり行き交う船が多いという事でもある。孝太郎達は『朧月《ろうげつ》』に積んであった小型の輸送船に乗り込《こ》み、易々《やすやす》と地上に降り立つ事に成功していた。ラルグウィン一派程の警戒《けいかい》態勢になっていないのは分かっていたが、念《ねん》の為にそうやって慎重に上陸をしていた。

『主要産業は農業ですから、入植の時点でそれが可能な環境の星が選ばれたのです』

孝太郎の言葉に答えたのはルースだった。だがルースはこの場所には居ない。彼女の声は孝太郎の足元に居る小さなウサギ型のロボットから聞こえていた。ルースがこの任務の為に用意したものだった。

「……………」

孝太郎と話すウサギの姿を見て、真希《まき》は目を細める。真希は前にもこのウサギを見た事があった。以前の潜入任務の時にも同行してくれた偵察《ていさつ》用のロボットなのだ。そしてティアによると、その時にルースが照れ臭《くさ》そうに言っていたらしいのだ。まだ孝太郎には見せていない、と。

――良かったですね、ルースさん………。

この可愛《かわい》らしいウサギ型の偵察用ロボットをようやく見て貰えた。そしてきっと孝太郎の役に立つ。無線の向こう側で、ルースはきっと張り切っているだろう、真希はそんな風に思っていた。

「それでここから何処《どこ》へ向かえば良いんですか?」

当の孝太郎はそんなルースの気持ちを知らず、いつも通りの調子で彼女に質問する。事情を知る真希にとっては若干もどかしい状況《じょうきょう》ではあるが、それが必要な局面である事も十分に理解している。真希も説明を聞こうと二人に近付いていく。その時、同じようにしていたナナと目が合う。二人は無言で小さく笑い合った。

『この先は森になっているのですが、その中に廃棄《はいき》された宇宙港があります。企業《きぎょう》が保有していた比較的《ひかくてき》小型の宇宙港で、「タウラス・コボンの夜明け団」の軍事拠点となっています』

「『タウラス・コボンの夜明け団』だって?」

聞き覚えのない名前に、孝太郎は不思議そうに首を傾げる。

『反政府組織の名前です。彼らはその名義で各種の活動を行っています』

「名前だけだと悪者には聞こえないな」

『彼らもそのつもりでおります。邪悪《じゃあく》な皇家を排《はい》し、新しい世界を築くのだ、と』

「重病だな、そりゃ……」

孝太郎は小さく嘆息《たんそく》する。帝政《ていせい》の打破、というだけなら分からなくもない。政治システムとは何が正解なのかはっきりしないものだ。例えば、日本の戦国時代に民主主義国家があったとしてもあっさり滅《ほろ》ぼされるのは明らかだ。状況ごとに有効な政治システムが存在していて、たまたまフォルトーゼでは帝政が長期に亘《わた》って上手《うま》くいっているというだけの話なのだ。それは帝政が正解であるという保証にはならない。だから他のシステムを試《ため》そうというのは考え方としては間違っていない。だから単にそういう思想を広げ、国民の支持を得て平和裏に移行していこうというのなら、孝太郎には何も文句はない。それなら恐らくアライアも文句を言わないだろうからだ。だが彼らの『邪悪な皇家を排し』という主張に違和感《いわかん》があった。どうすればエルやティア、クランが邪悪に見えるのか？　孝太郎自身の身内贔屓《びいき》を差し引いたとしても、『タウラス・コボンの夜明け団』が感情のままに行動している事がよく分かる主張だった。

『ですが今回は彼らのその一方的な正義感に助けられた格好です』

「だからこそ『フォルトーゼ解放軍』に合流する決断をしてくれた訳だもんな」

孝太郎達がここにいるのは、彼らが『フォルトーゼ解放軍』への合流を決めたからだ。それはより大きな軍事組織と合流する事で、邪悪な皇家を打倒《だとう》しようという試みだ。おかげで孝太郎達は『フォルトーゼ解放軍』に近付く手掛《てが》かりを得たのだった。

「じゃあ彼らにとって里見《さとみ》さんは、悪魔《あくま》か何かなんじゃないかしら？」

ナナが悪戯《いたずら》っぽい表情で孝太郎を見上げる。それは彼女流の冗談《じょうだん》だったのだが、そこには多分に真実が含《ふく》まれていた。

『そのようです。青とは名ばかりの暗黒騎士と主張しているようですが、国民の支持は得られておりません』

「里見さんの活動は完全に記録に残ってるものね。そりゃあ支持されないわ」

皇家を邪悪と呼ぶ彼らなので、その味方をする孝太郎の事は蛇蝎《だかつ》の如く嫌《きら》っている。その強さと影響力《えいきょうりょく》からすると、彼らにとっては確かに悪魔なのかもしれない。だが国民にとっては違う。この時代、あらゆるところに記録が残る。映像であったり座標のデータであったりと形式は様々だが、それらが孝太郎が何者であるのかを証明してくれていた。だから国民の支持が得られない。彼らは必死に全てが捏造《ねつぞう》であると陰謀《いんぼう》論を振《ふ》り翳《かざ》していたが、それが現実的ではない事を国民は知っているのだった。

「暗黒騎士レイオスか……カッコいいな」

『真面目にやって下さい、おやかたさま』

「ごめんごめん」

「だから里見君、その腕輪《うでわ》は絶対に外さないで下さいね」

「分かってる。俺《おれ》も危ない目に遭《あ》いたい訳じゃないからな」

孝太郎達はこの日に備えて作られた腕輪を身に着けている。それは孝太郎達の顔を別人にする魔法の腕輪で、それでいて腕輪を着けた者同士には本来の顔に見えるという優《すぐ》れものだ。これはゆりかと宮廷魔術師団《きゅうていまじゅつしだん》が協力して作り上げた苦心作だった。変装の魔力が感知されないように細心の注意が払《はら》われており、どちらかといえばその隠蔽《いんぺい》の方に多くの力が注がれている。それだけに予備を作る余裕《よゆう》はなく、貴重な品だった。本来なら顔の割れていない人間を送りたい局面だが、敵の能力的に孝太郎達《たち》にせざるを得なかったので、こうした工夫《くふう》が必要だった。

「それじゃあ、早速《さっそく》出発しましょうか」

状況を把握すると、ナナはぴょこんと勢いよく立ち上がる。諜報部によると彼らが移動するのはもうすぐらしい。あまりのんびりしている余裕はなかった。するとウサギが孝太郎の前に座《すわ》り、軽く頭を下げた。

『それではおやかたさま、わたくしはこれで失礼致《いた》します』

姿はウサギだったが、その姿からは不思議と名残惜《なごりお》しそうな空気が感じられた。

「ありがとう。また後で」

『はい。御武運《ごぶうん》をお祈《いの》りしております』

その言葉を最後に、ルースとの通信が切れた。各種の通信波が敵に感知されないようにする必要があるので、ここからは通信は使えなかった。ここからウサギは完全に自律モードになり、孝太郎達を先導しながら周囲の索敵《さくてき》などを始めとする、情報収集にあたる事になっていた。

「よしっ、それじゃあ行こうか、ルースさん」

孝太郎も立ち上がると、先に立って歩き始める。すると機械仕掛《じか》けのウサギがひょこひよこと跳《は》ねながらその後に続いた。

――自然とそういう事が出来ちゃうから、みんな里見さんが好きなのよね……。

孝太郎は自律モードになったウサギをルースと呼んだ。孝太郎には特に意図はなかっただろうし、それまでの流れでそう呼んだに過ぎないのかもしれない。だがナナは思う。後で記録を確認したルースは、きっと喜ぶに違いないと。そしてナナは小さく微笑むと、先を行く孝太郎達を追った。


ルースが言うにはそこは小さな宇宙港である筈《はず》だった。だが孝太郎が見た感じでは、そんな事はなかった。現在孝太郎達が陣取《じんど》っている小高い丘《おか》の上から見ると、その端が霞《かす》んではっきりとは見えていなかったのだ。

「………すっごくでかくないか？」

それが孝太郎の正直な感想だった。どう見ても日本のどの空港よりも大きい。孝太郎の予想を大きく上回るサイズだった。するとそんな孝太郎の言葉に、ウサギに搭載《とうさい》されている人工知能がルースの声で答えた。

『この宇宙港には大型輸送船を数隻停泊《すうせきていはく》させるキャパシティがあります。ですが穀物を輸送する用途《ようと》としては、かなり小型の宇宙港です』

地球の海運用の輸送船が巨大《きょだい》であるように、フォルトーゼの宙運用の輸送船も巨大だ。大破した『青騎士《あおきし》』と同じくらいの全長を誇《ほこ》る輸送船も少なくないのだ。企業の宇宙港であれば、それを何隻《なんせき》かは停泊《ていはく》出来るようにしておかないと商売にならない。つまり宇宙港は最低でも数キロの大きさがあるという事になるのだった。

「…………もしかして、フォルノーンの宇宙港って、これより大きかったのか？」

『仰《おお》せの通りです、おやかたさま。宇宙港の着陸場に立つと、見える範囲は全て宇宙港となります』

フォルトーゼの首都、フォルノーンにも宇宙港がある。その大きさはこの場所の比ではない。孝太郎が凄《すご》い都市だなと思って眺《なが》めていた部分は、実は全て宇宙港だったのだ。

「地球に作られた宇宙港に騙《だま》されてた。アレって本当に必要最低限なのな」

この孝太郎の考え違いを生んだのは、日本に建設された宇宙港の影響《えいきょう》だった。現時点ではフォルトーゼと日本は、経済的な交流はない。だから稀《まれ》にやってくる使節団や留学生が利用するだけなので、比較的小さい規模の旅客船《りょかくせん》が一隻《せき》二隻停泊《せきていはく》出来れば十分であり、結果的に地球の空港と大きさが変わらなかったのだ。

「でも里見さん、港として使っているのは一部みたいよ。残りは訓練施設みたいになっているようね」

目の良いナナはすぐに気付いた。敷地《しきち》は確かに広い。森の中に突然《とつぜん》びっくりするくらい広大な敷地が現れた。だが実際に宇宙船が停泊しているのは二隻だけだ。しかも比較的小型の戦闘艦艇《せんとうかんてい》――恐《おそ》らくは駆逐艦《くちくかん》――が一隻と、中型の民間の輸送船だ。軍というには小規模だが、しかし反政府組織としては恵まれていると言えるだろう。そして宇宙港の残りのスペースには、訓練施設や倉庫、テントなどが立ち並んでいた。

「なるほど、確かにこういう用途に使い易いんだな、この場所は……」

孝太郎にも反政府勢力がこうした場所に潜む事情が分かってきた。綺麗に整備された宇宙港は森を切り拓《ひら》くよりずっと簡単にこうした設備を作る事が出来る。実際に見るまでイメージが湧《わ》かなかったのだが、実際に見てみると反政府勢力にとっては使い易い場所に思えた。

「合流が近いという話ですし、あの二隻の宇宙船で『フォルトーゼ解放軍』の拠点へ向かうのでしょうか？」

真希がそう指摘《してき》すると、ナナは頷いた。

「多分そうだと思うわ。ただし輸送船の方は多少怪《あや》しいから、潜り込むならちっちゃい宇宙戦艦《せんかん》の方でしょうね」

ナナも真希の考えと同じだったが、僅かながら輸送船はこの場所に物資や人材を運んで来ただけの可能性もあった。『フォルトーゼ解放軍』との合流後もこの場所を維持するつもりなら、十分に有り得る話だ。『フォルトーゼ解放軍』にとっても、この場所は使い易さの面でも、立地条件としても優れているのだから。

「決まりですね。俺達《おれたち》はあの小さい方の宇宙船に忍《しの》び込みましょう」

戦闘《せんとう》用の艦艇《かんてい》の方は間違いなく解放軍との合流に使われるだろう。解放軍としても宇宙用の戦闘艦艇は喉《のど》から手が出る程《ほど》欲しい。だとしたら孝太郎達はそちらに忍び込むのがベターだろう。後は静かに隠れているだけで、解放軍の拠点《きょてん》まで連れて行って貰える筈だった。

真希とナナは軍事組織の出身者なので、敵の基地に忍び寄る際に必要な事と避《さ》けねばならない事を良く知っていた。またルースのウサギ型ロボットも優秀《ゆうしゅう》で、常に周囲の情報を集めて報告してくれている。だから孝太郎はそうした事を全て二人と一匹《ぴき》に任せ、自身は周囲にある霊力《れいりょく》に集中していた。

──これは獣《けもの》か？　多分オオカミとか、その手の動物の群れだ。この感じだと、こちらから近付かなければ襲《おそ》ってはこないだろう……。

森には生命が溢《あふ》れているので、周囲には様々な霊力がある。その中には幾《いく》つか警戒すべきものがあり、その筆頭は肉食獣《にくしょくじゅう》と人間だった。肉食獣は単純に襲われるからであり、縄張りを避けて刺激《しげき》しないようにする必要があった。もう一方の人間の方はもっと厄介だ。直接見付かるのがまずいだけでなく、各種警戒用装備も森の中に設置されている。どちらにしろ見付かればこの作戦自体が破綻《はたん》するので、孝太郎が先に見付けられるかどうかは非常に重要だった。

「……里見君、止まって！」

「おっとっと」

「気を付けて、足元にワイヤーがあるわ」

「助かったよ、藍華《あいか》さん。これ、霊力では見えてなかった」

孝太郎は危《あや》うく敵が設置したワイヤートラップにかかるところだった。設置されたのがしばらく前だったようで、設置した者の残留思念がほぼ拡散していて霊視に集中している孝太郎でも見えなかったのだ。霊力は強い念を込めたものに残り易い。裏を返せば利用者の記憶《きおく》に残っているものほど霊力が残り易い訳だ。だからこういう設置の一瞬《いっしゅん》だけ触《ふ》れたものや、流れ作業的に触れたものには霊力は残り難《にく》い。霊視の落とし穴であり、真希が目で見て気付いてくれなければ孝太郎も危なかっただろう。

「ともかく無事で良かったわ」

真希は安堵《あんど》の表情を浮《う》かべ、目を細める。

「うふふ、真希さんは里見さんの危険にはホント敏感ね？」

「え、あ、それは………」

真希は顔を赤らめる。彼女が孝太郎を守る為に全てを捧《ささ》げているのは誰もが知るところだ。だがはっきりと指摘されるのは照れ臭い。普段《ふだん》は冷静な真希だが、この時ばかりはごく普通の少女だった。

「良いのよ、照れなくても。おかげで助かったんだし」

実を言うとナナもワイヤーの存在には気付いていた。彼女は素早《すばや》くレーザー銃《じゅう》――愛用の魔法の拳銃《けんじゅう》ではなく変装用に持ち替《か》えたフォルトーゼ製の――を抜《ぬ》き、ワイヤーを撃《う》って切断しようとした。レーザーには衝撃《しょうげき》が伴《ともな》わないので、単純なワイヤーの罠《わな》の処理に適しているのだ。だがその直前に真希が孝太郎を止めたので、実際に引き金は引かなかった。そして彼女は今、自分はワイヤーに気付かなかったフリをしている。それは真希の頑張《がんば》りを薄《うす》めてしまわない為だ。ナナはにこやかに笑いながら、後ろ手でこっそり銃をベルトに挟《はさ》んだ。

「………」

そんな時、ナナと孝太郎の視線が合った。それはほんの一瞬の出来事であり、孝太郎は何も言わなかった。ナナは何だろうなと思いつつも、今の状況を思い出して自分の役割に戻《もど》る。罠があった以上、ここはもう敵のテリトリーだった。

ぽふっ

その瞬間《しゅんかん》だった。ナナの頭の上に、誰かの大きな手が乗った。

「えっ――――」

「………」

それは孝太郎の手だった。その手はほんの一瞬だけ動いて、わしわしとナナの頭を撫《な》でた。孝太郎がやったのはそれだけ。孝太郎はすぐに手を放し、彼女を追い抜いて先頭を歩き始めた。

――――あのさ、里見さん………。

ナナは驚《おどろ》きで言葉が出なかった。天才と名高いナナだったが、この一瞬だけは現在の状況を忘れていた。もしこの時に敵から奇襲《きしゅう》を受けたら、間違いなくナナはやられていただろう。

――――自然とそういう事をされると、さ……。

孝太郎はナナが罠に気付いていた事を知っている。真希の為に口を噤《つぐ》んだ事も。だから何も言わずに頭を撫でていった。ナナの真希への思《おも》い遣《や》りを尊重しつつ、ナナへの感謝を伝える為に。

――――幾ら私でも、その……気持ちが色々と、なっちゃうよ……？

おかげでナナは大変な苦労をする事になった。高鳴る胸を抑《おさ》え込まなければ、任務を果たす事が出来ない。しかしそれは簡単な事ではなかった。

孝太郎達が『タウラス・コボンの夜明け団』の拠点の敷地に辿《たど》り着いた頃《ころ》には、流石《さすが》にナナも普段の調子を取り戻していた。一人で偵察に行っていた彼女は、いつもの軽い足取りで孝太郎と真希のところへ戻ってきた。ナナがウサギだけを連れて一人で偵察に行ったのも、気持ちの整理に都合が良かったのだろう。

「お待たせ、二人共。やっぱりこの先で潜入できそうだわ」

実は孝太郎達《たち》は先程《さきほど》の丘の上で、潜入地点の目星を付けていた。そして念の為《ため》にナナが一人で偵察に行き、その目星が正しかった事を確認《かくにん》してきたところだった。

「里見さん達の方は？」

「巡回《じゅんかい》が歩いているようだけど、数は多くありません。この場所は広いし、よっぽど目立つ行動をしなければ大丈夫だと思います」

「魔法の気配はありません。流石に反政府勢力の拠点にまでは、魔法は配備されていないようですね」

孝太郎と真希はここ――拠点の外周にある柵《さく》から少し離《はな》れた場所で、霊力や魔力の気配を探《さぐ》っていた。幸いどちらも異常はなく、孝太郎達の接近に気付いている者はおらず、また警戒態勢もそれほど厳しくなかった。

「少し練度が低いのかもしれないわね。こちらとしてはありがたい限りだけど……」

ナナが不満そうに眉《まゆ》を寄せる。敵の事とはいえ、警戒が十分ではない事に腹を立てているのだ。基地の面積に対して巡回の密度が足りておらず、また先程の罠も非常に単純なものだった。拠点の防衛は仲間の命や組織の存立にかかわる重要な要素であるだけに、元・正義の天才魔法少女としては無視出来ない問題だった。

「まあまあ、反政府勢力とはいえ、ちゃんとした訓練を受けている本物は少ないでしょうし。素人《しろうと》にしては頑張っている方では？」

孝太郎が腹立たしげなナナをなだめる。場所や道具は確保できても、やはり人の育成は難しい。事前に聞いた話では正規の軍隊の経験者は少ないという話だし、この閉鎖的《へいさてき》な環境での訓練には限界がある。ナナが求める水準――――ネフィルフォラン隊やフォルサリアの魔法《まほう》兵団のような――――に及《およ》ばないのは仕方のない事だ。むしろ素人ながらもそれらしい体裁《ていさい》を保っているようなので、頑張っている方だった。

「そうですよ。これならトラブルなしで済むかもしれません」

真希も孝太郎の味方だった。練度の低さはそのまま孝太郎達の安全に繋《つな》がる。真希も見ていて腹立たしいのは分からないではなかったが、安全である事を歓迎《かんげい》していた。

「まぁ……そうよね。過激な思想の持ち主でも、普通の人ともめたくないし……」

孝太郎達との交流を経て多少自分の気持ちが前に出て来るようになったナナだが、結局のところ心の根っ子は今も魔法少女だ。愛と勇気と正義を何よりも重んじる彼女なので、最終的には笑顔《えがお》を取り戻した。

「とりあえず問題はないようだから……予定通り日が沈《しず》んだら行きましょう」

他には特に問題はなく、孝太郎は予定通りで構わないだろうと考えていた。それはナナと真希も同じだった。

「それまでは向こうの岩場に隠れてましょ?」

「そうですね、丁度良いので食事にしましょう。この先はそういう時間が取れるか分かりませんから」

拠点への潜入《せんにゅう》は夜になってから行う予定となっている。相手の警戒が緩《ゆる》いといっても、明るいうちに潜入するのは賢《かしこ》い選択《せんたく》とは言えない。単純に油断は禁物だし、中には正規の訓練を受けた兵も居る筈なのだ。だから夜になって兵の動きが減るのを待つべきだというのが孝太郎達の考えだった。


差《さ》し渡《わた》し数キロの敷地なので、周囲を囲う柵は単純な仕切りでしかなかった。この規模だと柵の全長は二十キロを越《こ》える。全ての場所に警報装置や高圧電流などの各種侵入《しんにゅう》防止装置を設置するには長過ぎるし、元々が軍事基地ではなかったのでそこまでの警戒態勢は用意されていない。要所要所の監視《かんし》カメラが精々《せいぜい》で、それも経年劣化《れっか》でまともに動くものは少ない。そんな状況なので『タウラス・コボンの夜明け団』が新たにそうした装置を設置するのはコストがかかり過ぎるし、またその為の大規模な発電設備も必要になる。だが一番の理由はやはり、彼《かれ》らの危機意識の欠如《けつじょ》だろう。この状況を理解しているなら、十分な密度の巡回が必要だった。

「………行きました。しばらく大丈夫《だいじょうぶ》です」

巡回の兵士の霊力を見張っていた孝太郎が、ナナと真希に報告する。すると別の技術で同じ事をしていたウサギがそれを補足した。

『カウントダウンを開始。次回の巡回まで、およそ十五分』

孝太郎達が岩場に隠れている間も、ウサギは拠点近くの草むらに隠れて情報の収集にあたっていた。その結果、完璧ではないが巡回の経路とタイミングが分かっていた。

「……そんなにあったら楽勝だわね」

ナナの経験上、こうした潜入において十分以上の余裕がある事は珍《めずら》しい。重要拠点への潜入では余裕が二十八秒しかないという、厳戒《げんかい》態勢の任務も経験している。そんな彼女なので、ちょっと肩透《かたす》かしを喰《く》らった気分だった。

「油断せずにやりましょう。ここはともかく、中に入ればそういう問題を理解している兵がいるかもしれません」

そんなナナに、大真面目な顔の真希が小さな装置を手渡《てわた》す。それは潜入任務用の小型のプラズマトーチで、金属製の柵を切断する為の道具だった。

「確かに、兵の質が均一ではないっていうのは想定すべきね。結局、対応は質が良い方に合わせるしかないのか……よし、始めるわね」

ナナはトーチを受け取るとすぐに切断の作業に移った。何度も使った事があるのか、その手際《てぎわ》には不安はない。そんな彼女の傍《そば》で真希が杖《つえ》を頭上に掲《かか》げた。

「……クリエイトダークネス」

この時真希が使ったのは、暗闇《くらやみ》を作り出す魔法だった。この時、孝太郎達が潜入に選んだ場所は建物の裏なので、兵士達にトーチの光が直接目視される心配は殆《ほとん》どない。だが周囲を照らす光を見られてしまう可能性はあった。そこで暗闇の魔法を使う。真希が作り出した暗闇は、ナナを覆《おお》うドームのように展開、見事にそうした光を遮《さえぎ》ってくれていた。

「……外は俺達で頑張りましょう」

『仰せのままに、マイロード』

そうやって真希とナナが協力して柵を破る作業にあたり、外にいる孝太郎とウサギが周囲の警戒にあたる。暗闇のドームが視界を邪魔《じゃま》するので、孝太郎とウサギはドームを挟むようにして立ち、死角を作らないように工夫していた。

ジジジ、ジジジジジッ

すぐにトーチが柵を焼く音が聞こえて来る。それは意外に耳障《みみざわ》りな音で、夜の静けさの中なら二十メートル先からでも聞こえるだろう。だがその音も程《ほど》なく聞こえなくなった。真希が魔法で音を遮ったのだ。しかしこれも諸刃《もろは》の剣《つるぎ》だ。音と光、両方を遮った事で中の二人には外の様子が全く分からなくなっている。孝太郎達の役目は重大だった。

『アラームメッセージ。十時方向より敵兵士が接近』

そして異常はその時に起こった。ウサギは耳をピンと立て、忙《いそが》しくその向きを変えながら孝太郎に報告する。それを聞くなり孝太郎は暗闇に首を突《つ》っ込んだ。

「作業止めて！　誰《だれ》かが接近してきます！」

「了解《りょうかい》！」

ナナは素早くトーチを消し、その場に伏《ふ》せる。孝太郎と真希もそれに倣《なら》い、ウサギも暗闇の中に飛び込んでくる。それを確認した真希は杖を軽く動かしてドームを縮小、孝太郎達だけを覆うように調整した。同時に音を遮る魔法を中断する。敵の気配を探る邪魔になるからだった。

「………何かブツブツ言ってるわね」

耳の良いナナがそれに気付き、小声で目の前の二人に囁《ささや》く。

『拡大してお届けいたします』

ウサギの大きな耳には、同じ声が十分な音量で届いている。その音声を拡大してノイズを取り除き、孝太郎達が身に着けている腕輪に伝えた。

『………ったくぅ、なぁんで俺が酒を取りに行かなきゃならないんだよっ、ちくしょうめえっ!』

「酒だぁ?」

接近して来る敵兵の声を聞き、孝太郎は目を丸くする。孝太郎と顔を寄せ合うようにしている真希もだ。そんな二人にナナは苦笑《くしょう》気味に笑いかけた。

「何かとストレスの多い環境《かんきょう》だからね。お酒くらいは許してあげて欲《ほ》しいわ」

ナナは戦場で何が起きるのかを良く知っている。前線に居ると常に自分と仲間の命がかかった状況にあるので、兵士達は心身に多大なストレスを受ける事になる。部隊の配置転《てん》換《かん》が日常的に行われているのは、各種補給や作戦の変更《へんこう》だけでなく、そうしたストレスを緩和《かんわ》する為でもあるのだ。だが状況がそれを許さない場合もある。増援《ぞうえん》の到着《とうちゃく》までもう少しだけ踏《ふ》ん張ってくれ、というような状況は良くある例だ。そういった時に兵士達は酒に頼《たよ》る事がある。ナナも流石に薬物の投与《とうよ》まではやり過ぎだと思うのだが、そうやって戦場で兵士が酒に頼るくらいは仕方のない事だと思っていた。実際、ネフィルフォラン隊の兵士達にも酒好きは多かった。

「そういうものですかね?」

まだ二十歳《はたち》になっていない孝太郎には実感はない。

「普通《ふつう》はそうなのよ。里見さんと真希さんはお互いが癒《いや》しになってるから、気付かないんでしょうけれど」

孝太郎と真希は顔を見合わせた後、軽く頬《ほお》を赤らめる。確かにストレスという意味では孝太郎達も同じだ。だが孝太郎達には酒は必要ない。ナナが言う通り、お互いの存在が常に心を癒してくれるからだった。もちろん孝太郎達は常に戦いの場に身を置いている訳ではないという事情も大きかったのだが。

『でもまぁ、このドサクサだ、何本か酒をくすねても誰も気付くまいよ。役得役得』

『この兵士の目的地は、現在位置の十二時方向にある倉庫のようです』

「この建物って倉庫だったのか……なるほど、食料倉庫だな」

ウサギの分析《ぶんせき》を孝太郎が確認する。正面にある建物は、兵士達の監視から孝太郎達を守ってくれている。そして孝太郎はその中から、微量《びりょう》の霊力《れいりょく》を感じ取っていた。食料やお酒には霊力が残り易《やす》い。そもそも野菜や果物はまだ生きているし、発酵《はっこう》食品も微生物《びせいぶつ》が生きている。魚や肉も新鮮《しんせん》であれば霊力が消えていない。これに対して道具や兵器はほぼ霊力を発していない。触《さわ》った人間の霊力の名残があるぐらいで、離れた場所からでも食料との差は明確だ。情報をまとめると、兵士は孝太郎達の存在に気付いた訳ではなく、この倉庫の中にある酒に用があってやって来たようだった。

「………彼が行くまでこのまま待ちましょう」

真希が声を潜めて囁く。兵士が近付いるので、そろそろ孝太郎達の声が兵士に届く心配があった。

「………そうね、深酒してくれた方が助かるし」

ナナも小声で同意する。兵士達が酒を飲んでいるという事は、まだ出発には余裕があるという事だ。そして上手くすれば兵士達は酒を飲んで寝込《ねこ》む。今すぐ行くより少し待った方が安全な筈だった。

「………俺達も酒でもあれば良かったかもしれませんね」

正直な所、このままじっとして待つのは辛《つら》い。酒でも飲んで時間を潰《つぶ》せれば――――という孝太郎流の冗談だったのだが、それを聞いたナナはニヤリと笑った。

「あら里見さん、こんな暗がりで女の子にお酒を飲ませてどうするつもりなの？」

確かに孝太郎の冗談は、そういう解釈《かいしゃく》も出来る。これもナナが何もかも分かった上での冗談だった。

「………そんなつもりは――――」

ない、そう言いかけたところで孝太郎は気付く。

——これはいつものアレだ。どう答えてもまずいやつ。

状況的《じょうきょうてき》には『ない』と言うべきだろう。だがそれは目の前の二人の女性に対して、女性的な魅力《みりょく》を感じませんという言葉にもなってしまう。しばしば女の子が不意打ちで繰《く》り出してくる、どう答えても駄目《だめ》な質問。仕方なく孝太郎は言葉を選び、ダメージが最小になるように答えた。

「——ちょっとだけあります。この状況なので、ちょっとですけど」

「………ふぅん、いーけないいんだー、里見さんってばぁ」

この時ナナは言葉では孝太郎を非難していたが、彼女《かのじょ》の声の調子と表情からは非難めいたものは感じられなかった。

「………ふふふ」

そんなナナと孝太郎を見比べ、真希が微笑《ほほえ》む。そんな二人を前にした孝太郎は、軽く安堵の息を吐《つ》いた後、一緒《いっしょ》になって微笑んだ。

問題の兵士をやり過ごした後、孝太郎達は『タウラス・コボンの夜明け団』の拠点へ侵入した。幸いな事に柵を越えてからは誰にも見付かる事はなく、目的地である小型の宇宙戦艦への接近に成功していた。

「……やっぱり練度と警戒レベルは低いようね」

ナナは乱雑に積まれた物資の陰《かげ》から、行き交《か》う兵士達の様子を観察していた。だが無事に接近出来たにもかかわらず、ナナは少し不満げにしている。やはり彼女の基準ではこの拠点の兵士は落第点だった。きちんとした巡回はしておらず、しかも巡回の密度も足りていない。敵ながら彼女の目に余る状態だった。

「ナナさん、比較《ひかく》する相手が悪いんですよ。ネフィルフォラン隊と民兵を比べるのは可哀《かわい》想《そう》ですって」

孝太郎は苦笑する。どんな部隊であっても、練度ではネフィルフォラン隊には及ばないだろう。長年武門の家として名を馳《は》せたグレンダード家、その威信《いしん》を背負う最精鋭《さいせいえい》の部隊なので、訓練の質と量が半端《はんぱ》ではないのだ。それを僅《わず》かな訓練のみの民兵と比べるのは酷《こく》な話だった。

「それにしたってね――ああぁっ、ちゃんと隅《すみ》っこまでライトで照らしなさい！　あぁん、もうっ！」

「……この完璧《かんぺき》主義のおかげで、ゆりかに魔法を教《おし》え込《こ》めたんだな」

「……なんとなくその時の状況が想像出来ました」

小さなナナが腹を立てている様子はとても愛らしい。ゆりかの指導もこうやっていたんだろうと思うと、自然と笑《え》みが零《こぼ》れる二人だった。

「あら、ゆりかちゃんほど優秀な生徒も居なかったわよ？」

ナナはやはり不満そうだ。ゆりかほどの兵士なら、沢山《たくさん》欲《ほ》しいというのが彼女の本音だった。

「そうなんですか？」

「大体教えた事はどれも一度で出来ていたし、そうじゃなきゃ、あの短時間でアークウィザードになんてなれないわよ」

ナナとゆりかが一緒に居た時間はそう長くはない。訓練に使えた期間は一年もないだろう。なのに魔法使《まほうつか》いとしての訓練を終え、あまつさえ上層部が次のアークウィザードにせざるを得なかった。魔法に関してはゆりかは紛《まぎ》れもない天才だった。

「言われてみれば確かに」

今でこそ疑っていないが、真希も最初にゆりかの訓練期間を聞かされた時、信じられなかった。そんな天才が居る訳がない、というのが正直な感想だった。

「もっとも、魔法以外は全然だったんだけどね……」

ナナは苦笑してその小さな肩《かた》を竦《すく》めた。当時の苦労が次々とナナの脳裏《のうり》を過ぎる。料理が黒焦《くろこ》げになったのは一度や二度ではない。一応護身術を教えようとナイフを持たせた時には、ゆりかは自分の指を切ってしまいそうになった。ゆりかは魔法以外に関しては本当に駄目な生徒だった。

「でしょうね……」

孝太郎は思わず苦笑する。しかし同時にそれは、大きな驚きでもあった。魔法以外が全然駄目なゆりかを、それでも上層部はアークウィザードにせざるを得なかった。つまりそれだけ魔法が優れていたという事になるのだ。それは恐ろしい才能の証明だろう。そしてそれこそがナナがゆりかに魔法少女としての訓練をした理由だった。ゆりかが敵に利用されたらどうなるか、それはあまりに恐ろしい想像だった。

「話を戻しますが……敵は精鋭でも天才でもない、一般《いっぱん》市民に少し武器の使い方を訓練した程度。戦わずに済むならそれで良いのではありませんか？」

敵はプロの兵士の水準にはない。一般市民が武装しているのと大差ないのだ。だったら戦わずに済むのは喜ばしいだろう――――真希のこの考え方はナナの不満を和《やわ》らげた。

「まあ……そうね。うん、そういう風に考えましょうか」

やはりナナは元・天才魔法少女。愛と勇気の教えは今も彼女の中で生きている。敵の思想に染まった市民が武器を取った。ならば戦わずに済ますのが魔法少女の道だろう。

「さて、問題はここからですね。ナナさん、どうやって潜《もぐ》り込みましょう？」

孝太郎はそう言って考え込む。夜になって行き交う兵士は少ないが、宇宙船に対する物資の搬入《はんにゅう》は続いている。見付からないように行くのはそれなりに難しい筈だった。

「この、ゆりかちゃんの力作の腕輪を信じるか、それとももう少し目立たない入口を探すかってところね」

ナナは自分の右腕《みぎうで》を持ち上げて腕輪を示しながらそう言った。このまま搬入に紛《まぎ》れて侵入するなら、姿を変える腕輪はもってこいだろう。だが別の入口を探す手もある。そもそも人と会わないルートなら、誰かの目を心配する必要はなかった。

「………魔法を試《ため》すのは最後にしましょう。ここからは流石に幾らか、魔法にはリスクがあります」

だが真希は魔法を最後の手段にしたかった。元々侵入する側に居た彼女なので、ピンポイントで防御策《ぼうぎょさく》が講じられているケースを度々《たびたび》経験していた。その為、マクスファーン側から魔法を感知する道具を一つ二つ与《あた》えられているケースは想定しておくべきだと思っていた。そしてもしそうした物が本当にあるのなら、入口や搬入口《はんにゅうぐち》に設置される可能性が高い筈だった。

「そうね、そうしましょうか」

元々防御側《ぼうぎょ》だったナナは、この真希の意見になるほどそうかと納得《なっとく》していた。侵入に関しては、やはり真希の方が幾らか上手だった。

「よし、じゃあちょっと回り込んでみよう」

孝太郎も異論はない。二人の判断を信用していた。


孝太郎達が実際の侵入路としたのは、エンジン部分のメンテナンスハッチだった。ここはメンテナンス要員が出入口として使っているのだが、やはり夜である事もあって、倉庫の搬入口よりは人通りが少なかった。

『空間歪曲《わいきょく》航法の整備スタッフだけは徹夜《てつや》で作業している模様です』

「クランもそいつの整備には時間がかかるって言ってたっけ」

空間歪曲航法は僅かな誤差が致命傷《ちめいしょう》になる為、どうしても整備に時間がかかる。また専用の燃料や触媒《しょくばい》、交換《こうかん》部品の搬入にも多くの時間が必要だった。おかげで関係部署のスタッフは出発前が最も忙しくなる。逆に出発後はコンピューターの操作が大半になるので、とても楽になる。忙しさに大きなムラがある職場だった。

「となるとエンジン区画からはすぐに離れた方が良さそうね」

腕輪《うでわ》で正体を隠《かく》すとしても、得体の知れない人間がエンジン区画をうろついていれば奇《き》妙《みょう》に思うだろう。専門性の高い仕事なので、お互《たが》いに見知った顔ばかりの筈なのだ。だからナナは急いで別の区画へ行きたかった。

『肯定的《こうていてき》推論。本機も居住区画ないし、倉庫への移動を推奨《すいしょう》します』

「ルースさん、艦内《かんない》の地図はありますか？」

『もちろんです、おやかたさま』

求めに応じ、ウサギは格納していた艦内図を孝太郎達が身に着けている腕輪型のコンピューターに転送した。この宇宙船は三世代前の駆逐艦であり、フォルトーゼ皇国軍では十年以上前に最後の艦が退役《たいえき》している。だが皇国軍はデータとしてはこの艦の情報も保持している。ルースは事前にきちんとそうしたデータも集めていたのだ。

「この感じか……『朧月《ろうげつ》』とは幾らか勝手が違《ちが》うな」

『お勧《すす》めは水と推進剤《すいしんざい》の格納庫です』

水は単純に艦内の生活で使用する為のものだ。そして推進剤は通常の飛行で宇宙船が前へ進む為に、進行方向とは逆に噴出《ふんしゅつ》させる為のものだ。どちらも大型のタンクに入れておくものなので、その為の専用格納庫が存在していた。

「なんでですか？」

『どちらも外部からホースを接続してタンクに注入する為、搬入時にも格納庫には人が来ません。作業後に確認の為にスタッフが来る程度でしょうか』

水や推進剤は頻繁《ひんぱん》に注入されるものなので、利便性を考えて宇宙船の外部に注入口が設置されているのが一般的《いっぱんてき》だ。つまり他の物資のような運《はこ》び込《こ》み方はしないので、水や推進剤の格納庫にはあまり人が来ない事が予想されるのだった。

「なるほど、それでいこう。助かりました、ルースさん」

『光栄です、おやかたさま』

孝太郎は相変わらずウサギをルースと呼んでいた。彼女の声なので、そうしないとしっくりこないのだ。そんなウサギの勧めに従い、孝太郎達《たち》は水と推進剤の格納庫を目指す事に決めた。

「よし、行こうか」

「前衛に立つわ。真希さんは最後尾《さいこうび》を」

「はい」

「俺《おれ》は何をすれば？」

「さっきと同じで、真ん中で霊視をお願い。出来れば人に会いたくないから」

「了解」

忍び込む時のフォーメーションはこれまでと同じだ。先頭にナナとウサギを置き、後方を真希が守る。孝太郎はその間で霊視を担当。敵の練度が低かろうと、孝太郎達に油断はなかった。

孝太郎達が目指したのは推進剤の格納庫だった。水の方は浄水《じょうすい》設備などがある分だけ、多少人がやってくる事が予想された。対して推進剤の方は初期の安全点検さえ済めば、殆ど人がやってくる事はない筈《はず》だ。そういう事情を踏まえ、孝太郎達は推進剤の格納庫を選んだのだった。

「………上手《うま》く忍び込めましたけど、出発は何時でしょうね?」

孝太郎達は何とか誰にも見付からずに格納庫へ辿り着いていた。目の前には推進剤の大型タンクが幾つも鎮座《ちんざ》している。幸いこの場所に至るまで孝太郎達が困るような障害はなく、上手く人の気配を回避《かいひ》しつつ到着する事が出来た。搬入の忙しさに紛れる作戦が功を奏した格好だった。

「諜報部《ちょうほうぶ》の話では明日という話だったけど……流石に正確な時刻までは分からなかったみたいね」

孝太郎の言葉に真希が軽く肩を竦める。辿り着いたら辿り着いたで問題があった。これからしばらく見付からないように過ごす必要があった。推進剤はまだ注入中らしく、人がやってくる可能性はゼロではない。また出発後も、フォルトーゼ解放軍との合流までどのぐらいの時間がかかるのかは気になるところだった。

「何処《どこ》か目立たない場所を確保しましょうか。この場所のメンテナンス用の通路とか、その手の道具をしまっておく部屋はあるでしょうから」

ナナはこうしてただ格納庫に隠れているよりも、格納庫内の小さな部屋にいる方が安全だと考えていた。そういう狭《せま》い範囲《はんい》なら、人払《ひとばら》いの魔法を使う事も出来るのだ。

『肯定的推論。しかし実行前に、本機を壁際《かべぎわ》の通信ポートまでお連れ下さい』

ウサギの人工知能もナナの考えを支持していた。だがウサギにはその前にやっておきたい事があった。

「……どういう事ですか？」

孝太郎はウサギを抱《だ》き上げながらそう尋《たず》ねる。そしてウサギが答える前に、格納庫の壁際に向かって歩き始めた。

『システムに侵入して情報を収集します』

「出来るんですか？」

『肯定的推論。本機には標準的な皇国軍の宇宙戦艦のセキュリティを突破《とっぱ》する機能が備わっています』

ウサギの狙《ねら》いは情報収集だった。元々この宇宙戦艦は皇国軍が使っていたもので、退役した艦を『タウラス・コボンの夜明け団』が闇《やみ》のルートから入手したものだ。なので勝手知ったる皇国軍戦艦、しかも旧式となれば、ルースとクランの技術なら侵入は難しくなかった。またこの事は、キリハが多くの候補の中から『タウラス・コボンの夜明け団』に潜り込むべきと考えた理由の一つでもあった。幾つか候補に挙がっていた反政府勢力から、ハッキングし易い艦を運用している勢力を選んだのだ。

カシャッ
ウサギの右の前脚《まえあし》が変形し、中から通信用のポートが現れる。ウサギはそれを船側の通信用ポートに差し込んだ。本来は無線でも接続できるのだが、人工知能は余計な電波を出さない直接の接続を選んでいた。

『……出航は十二時間後、目的地は安全の為か入力されていません。ただ積《つ》み込まれている物資の量から計算すると、目的地は二日以内に到着する範囲だと推定されます』

行き先については、積まれている食料が一番分かり易い指標だった。この小型の宇宙戦《せん》艦《かん》――厳密に言うと宇宙駆逐艦《くちくかん》にあたる――は二百人程のクルーを必要とする。それだけの人数を一日食べさせるには六百食の食料が必要となる。そしてこの船には二千五百食分、およそ四日分の食料が積み込まれる予定となっていた。だったら四日間宇宙を航海するのではないかと考えてしまいがちだが、航海の安全を考えるとその半分程度と考えるのが妥当《だとう》だ。皇国の航宙規定では航海日数の二倍以上の食料や物資を用意するように定められている。そうすれば事故が起きても救援隊《きゅうえんたい》が間に合うからだ。今は運用しているのが反政府勢力なので、もう少し食料の予備が少ない事も考えられる。だがそれでも航海が三日より長くはならない筈だった。

「二日……つまり空間歪曲航法を二回するって事か」

孝太郎は指折り数える。フォルトーゼにおける宇宙の航海は、空間歪曲航法――いわゆるワープが基本だ。一日一回のワープで、安全な領域を飛び石伝いに進むのだ。

「推進剤の量と合わせて、良い情報だわね」

ナナは腕組《うでぐ》みして考《かんが》え込む。空間歪曲航法装置の性能にもよるが、フォルトーゼの宇宙旅行は完全に自由なものではない。安全な領域の分布状況《じょうきょう》により、多くの船が通る交通の要所が存在するのだ。だから二日の航海という事はそうした場所からあまり離れていない可能性が高い。この場所から二日の星域はかなり絞《しぼ》られるだろう。もちろんこの潜入作戦が成功すれば、より詳細《しょうさい》な情報が手に入る。だが今の時点でこうした情報があれば脱出《だっしゅつ》する時に有用だし、追跡《ついせき》して来るティア達にも便利だった。

『小型無人機を放出して、本機のオペレーターに情報を伝達します』

「流石ルースさんの力作、可愛《かわい》いだけじゃなく優秀《ゆうしゅう》だな」

ウサギの背面からパーツが一つ外れ、床《ゆか》に落ちる。それは次の瞬間には小さな子ウサギに変形し、格納庫の外へ向かって走り出した。それは小型サイズの多目的無人機で、今回は情報を持って外へ向かう役目が与えられている。もちろん直前に孝太郎が口にした『可愛い』との評価もしっかりと記録されていた。

宇宙戦艦が出航したのは十二時間後、そして航海は二日。どちらもウサギの推測通りの数字だった。そして入港が近付くと艦内は途端《とたん》に騒《さわ》がしくなる。入港とは元々そういうものだし、兵士達は『フォルトーゼ解放軍』との合流に期待と不安を膨《ふく》らませている。多少騒々《そうぞう》しいのは仕方のないところだろう。

『おやかたさま、ブリッジで入港の手続きを始めたようです。兵士達の上陸は推定で十五分後です』

「分かった、俺達《おれたち》も準備を始めよう」

だから正規のクルーよりも、むしろ孝太郎達の方が落ち着いていた。孝太郎達は招かれざる客。各種の対策はしていたが、それでもこの二日半は緊張《きんちょう》続きだった。やっとこの閉《へい》鎖《さ》空間から解放される訳なので、安堵《あんど》感《かん》は大きかった。そんな訳で孝太郎はようやく出れるという安堵感を抱《かか》えつつ、下船に備えて自分の荷物をまとめ始めた。

「気を付けて下さい、里見君。野営の跡《あと》から足が付くケースはとても多いです」

元々追跡や潜入が得意なので、真希はこうした潜伏《せんぷく》場所に多くの手掛《てが》かりが残りがちである事を良く知っていた。ゴミは出さない。落し物は厳禁、物は必ず元の位置に戻す。それはこうした任務における鉄則だった。

「分かった、気を付けるよ」

実のところ、孝太郎もこの辺の話はよく知っていた。だが孝太郎が良く知っているのは二千年前の戦場だ。この時代の事はこの時代のエキスパートに従うべきだと思うから、孝太郎は素直《すなお》に同意した。

「しかし……意外とあっという間だったわね」

戦場暮らしが長いナナは誰よりも落ち着いていた。若くしてブルータワーのアークウィザードになった彼女なので、軍歴が長く多くの経験を積んでいる。最前線に張り付いて、爆撃《ばくげき》を受けながら数週間耐《た》えるなんて事も経験しているので、この程度の事ではまるで動じていなかった。

「ナナさんが居てくれて助かりました」

「あら、ありがとう、里見さん。そう言って貰《もら》えると嬉《うれ》しいわ。でも……」

げしっ

ナナの足が孝太郎を蹴《け》る。決して強くはない。あえて足を使って大袈裟《おおげさ》に見せているだけだった。おかげでその意図が孝太郎にもよく伝わった。

「藍華さんが居てくれて助かったよ」

「里見君!?　……ふふふ、こちらこそ」

奇妙な成り行きに驚《おどろ》いた真希だったが、すぐに事情を察して微笑む。

――――それにどちらかというと驚いたのはナナさんが他人にああいう事をするようになった事かしら……良い事だわ……。

真希の視線がナナへ向けられる。彼女が孝太郎を蹴る場面など初めて見た。それはナナが少しずつだがゆりか以外の人間に甘《あま》えるようになった証だ。真希とはまた別の意味で過《か》酷《こく》な幼年期を送ったナナなので、彼女の事が気になるのだった。

「どうかした、真希さん？」

「いいえ。今日もナナさんは可愛らしいなと」

「真希さんも言うようになったわね」

「あはは、はい」

もちろんそれはお互い様《さま》だ。ナナの方も真希の事が気になっている。どことなく同じような境遇《きょうぐう》を感じさせるから、無視できない存在だった。

「………早く帰ってお風呂《ふろ》に入りたいわ」

「………それは同感です」

そして二人は小声で囁き合う。今、孝太郎達が居る場所は推進剤の格納庫の端《はし》にある、メンテナンス用の道具をしまっておく為の小部屋だ。広さは四畳半《よじょうはん》もない。荷物もあるので、三人で居るには圧迫《あっぱく》感がある狭い部屋だ。そしてお風呂もない。軍事組織出身で慣れているとはいえ、それでもお風呂に入れないのは女の子として辛い状況だった。孝太郎が一緒なので特にそう感じていた。

「こんなもんかな」

そんな二人のやり取りをよそに、孝太郎は自分の荷物の整理を終えた。続いてスペースの確保の為《ため》に移動させた台車を元の位置に戻《もど》した。こうした努力により、特別な能力の持ち主でもない限り、ここに人が居たと気付く者はいないだろう。

「問題はここからね、里見さん」

ナナの表情から笑顔が消えていた。彼女は片付けを終えた時点で、戦士の顔に戻っていた。孝太郎も同様に気持ちを引き締《し》めると、その言葉に頷《うなず》いた。

「警戒《けいかい》レベルはこれまでとは比べ物にならないくらい高い筈ですよね」

「まだ魔力《まりょく》は感じませんけど、何もないと考えるのはまずそうです」

真希の表情も硬《かた》い。場合によってはグレバナスの魔法と対峙《たいじ》する事になる。それがどれだけ危険なのかは、かつて悪の魔法少女だっただけに誰よりも良く知っていた。

ゴォン

そんな時、これまで無音で航行していた宇宙戦艦が大きく揺《ゆ》れた。それは船体から突き出した着陸脚《きゃく》が宇宙港の着陸場に接触《せっしょく》した為だ。こうして孝太郎達を乗せた宇宙戦艦は、マクスファーン一派の拠点《きょてん》に到着したのだった。

孝太郎達が真っ先に必要とする情報は、今この宇宙戦艦はどんな場所にあるのかという事だった。幸いな事にそうした情報はウサギを介《かい》して手に入る。ウサギは航法コンピューターのデータバンクから引っ張ってきた映像を孝太郎達に提供してくれた。

「……………基地の中みたいだな」

「これは、逃《に》げ出すのに苦労するかもしれないわね………」

普通の宇宙港とは違い、この場所には天井《てんじょう》があった。宇宙戦艦が入る時だけ天井を開けたか、あるいは着陸後に地面ごと動かして天井がある場所に移動させた事になる。それはつまり規模が大きい基地であるという事の証明だ。孝太郎達は予想よりも大きな基地に連れて来られたようだった。

「ルースさん、隙《すき》があればまた小さい無人機を出してティア達《たち》に連絡《れんらく》を」

『仰《おお》せのままに、おやかたさま』

当初の計画だと到着後に気付かれないように脱出し、追って来ている筈のティア達に連絡を取る事になっていた。だがこの場所でそれが可能かどうかは分からない。可能であっても相当困難である事が予想される。だから保険として、再び小型の無人機を使う事にした訳だった。

「このまま潜《ひそ》んでいて、出撃《しゅつげき》時に帰るのはどうでしょう?」

この宇宙戦艦もずっとこの場所に居る筈ではないだろう。その時に外に出られるんじゃないか――孝太郎はそのように考えた訳だが、ナナは首を横に振《ふ》った。

「この艦の再戦力化を考えているなら、一度大掛《おおが》かりな整備がある筈よ。このまま潜んでいるのは危険だと思う」

日常的にきちんとした整備を施《ほどこ》してある宇宙船であれば、すぐに出撃や移動となるのだろうが、この船はそうではない。反政府組織がいい加減に運用してきた代物《しろもの》なので、軍の基準を満たしていない可能性が高い。それを満たすようにしない事には出航出来ない。そしてそれだけの時間を隠れて過ごすのは不可能に近いと思われた。

「なんにせよ一度外に出る必要があるって事か」

「クルーが降りるでしょうから、そこに紛れて出るのが良いのではないでしょうか」

真希はそう提案する。宇宙戦艦の整備と同じで、兵士達にも登録や健康診断《しんだん》がある筈だった。それに紛れて降りてしまい、バレる前に再び身を隠すのだ。

「多少運頼《うんだの》みの要素もあるけど、それしかなさそうね」

「藍華さん、ここはゆりかやクリムゾンの頑張《がんば》りを信用するとしよう」

「はい、それが良いと思います」

ナナにも孝太郎にも異論はない。こうして孝太郎達は改めて拠点への潜入《せんにゅう》を試みる事にしたのだった。

宇宙戦艦を降り、今度は拠点に潜伏する。言葉にすると簡単だが、これは非常に危険な行為《こうい》だ。だから孝太郎達は実際に降りてしまう前に、先程《さきほど》得た映像データの検証から始めた。手近な場所に身を隠せる場所がなければ、出て行っても袋《ふくろ》の鼠《ねずみ》だった。

「………このコンテナの後ろに隠れられないかしら？　船のハッチからもそんなに離《はな》れていないようだし」

ナナが目を付けたのは、宇宙戦艦が停泊《ていはく》している場所の周辺に幾《いく》つか置かれているコンテナだった。整備用のパーツや弾薬《だんやく》などが入ったものだが、結構なサイズなので孝太郎達が隠れる事が出来そうだった。

「ただ、そこまで遮るものが何もないのが気になりますね」

だがコンテナはどれも停泊する宇宙船の邪魔にならないように少し余裕《よゆう》のある位置に置かれていたので、そこまでは開けた場所を歩かねばならなかった。

「兵士達の移動に紛れて、近くまで行けると良いんだが……二百人か……」

孝太郎は腕組みをして考え込む。宇宙戦艦のクルーが拠点内《きょてんない》に移動する時に、孝太郎達が紛れていく事は可能だろう。だがその人数が多少不安だった。二百人というのは、歩兵部隊で言うと中隊の規模に相当する。中隊は部隊内の連携《れんけい》の為もあって、隊員同士がきちんとお互いを識別できる人数に加減されている集団だ。だからゆりかが作った変装用の腕輪があっても非常に危険だ。おや、見た事のない奴《やつ》だな、誰だコイツ——という事が起こり得る。変装で孝太郎である事がバレなくても、そういうリスクは避《さ》けられないのだった。

「腕輪だけで紛れ込む場合、彼《かれ》らが寄せ集めの部隊で、まだ互いに顔を把握《はあく》し切っていない事を期待する形になりそうです」

真希も孝太郎の意見に同意する。腕輪だけでは『タウラス・コボンの夜明け団』の二百人が互いの顔を把握していない事を願うしかない。賭《か》けのような状況になるだろう。

「それか、ここで思い切って魔法《まほう》を使うのも手だと思うわ」

ここまでは安全策で魔法は最低限に限った。魔力の探知と人払いの魔法のみで、他は全く利用していない。魔法への対策はグレバナスが供与《きょうよ》している可能性があるので、可能な限り使用を避けてきたのだ。だがナナは、この状況では使う意味があるかもしれないと考えていた。

「ノーガードか、魔法か……どちらがより危険なのか」

孝太郎は顔をしかめる。悩《なや》ましい問題だった。見破られる可能性、グレバナスの対策が存在している可能性、そういう酷《ひど》くあやふやな確率を比較して、どちらが良いかを決めねばならない。しかもすぐに決断が必要だ。兵士達は今にも船を降りようとしていた。

「里見さんが決めて良いわよ」

「そんななげやりな」

「……私もナナさんも、里見君が決めた事ならどうなっても後悔《こうかい》はないわ。貴方《あなた》がいつも必死なのは知っているから」

真希の額には藍色《あいいろ》の紋章《もんしょう》が刻まれている。ナナは義肢《ぎし》を全て外した状態で、孝太郎にその身を預けた事がある。どちらも簡単な覚悟《かくご》ではない。そして今も、その覚悟は変わっていなかった。

「……よし、魔法を使おう。姿を消して、一気にコンテナの裏へ向かう」

「里見さん、それでいいの？」

「ええ。完全に受けに回るより、魔法の方が前向きで良いと思ったんです」

孝太郎は最終的に真希の魔法に頼《たよ》る事にした。成り行きに任せるより、自分達の行動で解決したかった。それは非常に孝太郎らしい決断だと言えるだろう。

兵士達は艦内放送に導かれ、宇宙戦艦内の貨物スペースに集まっている。一斉《いっせい》に降りるなら、この場所のハッチを抜《ぬ》けるのが一番早いからだった。

『外に出たら小隊順に整列して下さい。その後で登録と身体検査があります』

孝太郎達の読み通り、最初は登録と身体検査があるようだった。貨物スペースに集まった兵士達は、仲間達とそれらについてあれこれ言葉を交わしていた。そして孝太郎達は物《もの》陰《かげ》からその成り行きを見守っている。真希が魔法を使うタイミングを計る為だった。

「俺、身体検査なんて久しぶりだよ」

「入隊時にやってないのか？」

「俺は五年前の合併《がっぺい》組なんだよ」

「あー、お前って元『サシュヤーンの風』なのな」

「その名前も久しぶりに聞いたよ、懐《なつ》かしい」

「ところでフォルトーゼ解放軍ってどういう連中なんだ？」

「元々はあのヴァンダリオン派の残党だったらしいが、ヴァンダリオンのやり口は気に入らなかったらしいな」

「俺も正直怖《こわ》かったというか、気持ち悪かったよな、特にあの大型兵器……」

やはり兵士達も多少思うところがあるようで、しきりに意見を交換している。合流や分《ぶん》裂《れつ》はこの手の組織では日常茶飯事《にちじょうさはんじ》であり、同時にトラブルの元だ。彼らはそこがよく分かっているので、やはり不安になるのだった。

「……一見普《ふ》通《つう》の人達なんだよな」

それが兵士達の様子を見た孝太郎の正直な感想だった。反政府組織という触《ふ》れ込《こ》みだったが、孝太郎には決して暴力的な人間には見えなかった。何処《どこ》にでもいる普通の人々に見えていた。孝太郎はそれが不思議だった。

「いつの時代も、ただ生きる為にこういう組織に加わる人達がいるわ」

真希が悲しげに目を伏《ふ》せる。他ならぬ真希自身がそうなのだ。他に生きられる場所がなかった。食料不足、経済的な困窮《こんきゅう》、理由は様々。主義主張以外の理由でも、人は反政府組織に加わるのだった。

「言われてみれば、二千年前の世界でもそうだったな……」

孝太郎は二千年前の世界の仲間達の中にも、そうした人々が居た事を思い出していた。

農家の四男坊《よんなんぼう》や、大きな借金を抱えている者。マクスファーンに滅《ほろ》ぼされた村の出身者もいた。フォルトーゼの正規軍ですらそうだったのだ。反政府組織がそういう受け皿になる可能性は十分に有り得る話だった。

「内乱の影響《えいきょう》で職を追われた人達が、こういう組織に入るパターンもあるんじゃないかしら」

「………」

生活の為に反政府組織に加わる人が居る。理由は単純な生活の為だけでなく、昨年の内乱で生活が立ち行かなくなったケースも存在しているだろう。そうした人々は政治の限界にぶつかった被害者《ひがいしゃ》と言えるだろう。孝太郎としては複雑な気分だった。ティアやエルファリア、そしてアライアに落ち度があったようには思えなかったから。

「……里見君、それは貴方のせいじゃない。貴方の大切な人達のせいでもない。全ての人を同時に救う事は出来ないのよ」

全ての人を例外なく救う、それが出来るのは神しかいない。しかし神はそれを実行に移さない。何故《なぜ》ならそれは、全ての人間を操《あやつ》り人形《にんぎょう》にするに等しいからだ。だから人が自らの意思で生きる以上、全てを救う事は出来なかった。

「胸を張って、里見君。目の前の人を救うので構わないのよ。貴方が、私を救ってくれた時のように」

　全ての人を救う事は出来ない。だがそれを目指す事は出来る。そして全てを救えなくても、救えた命がある事を誇《ほこ》るべきだ。真希は孝太郎に胸を張って欲《ほ》しかった。何故なら孝太郎こそが彼女《かのじょ》を、日の光が当たる場所へと連れ出してくれたのだから。

「……ありがとう、藍華さん。ちょっと弱気になっちまってた」

　孝太郎は軽く息をつくと小さく笑顔《えがお》を覗《のぞ》かせる。

　──そうだ、それで良いんだ。俺は人間なんだから……。

　孝太郎自身も、常々そう思っていた筈の事だった。目の前の人を助けられれば良いと。全てを救うべきだと考えるのは傲慢《ごうまん》であるのだと。

「弱気になっても良いんですよ。でないと私達が居る意味がないじゃありませんか」

　孝太郎が調子を取り戻したのを見て、真希も笑顔を覗かせる。全てを思い通りには出来ない。だから人は支え合う。孝太郎が真希を救うだけでなく、その逆も起こる。それで良いのだ。

「ふふ……」

　そんな二人をナナが穏《おだ》やかな眼差《まなざ》しで見守っていた。それはかつてナナもぶつかった事がある問題だ。正義の魔法少女も、かつて万人《ばんにん》を救えないと悩んだ事があったのだ。

『インフォメーションメッセージ。兵士達が移動を開始』

だがウサギの声を切《き》っ掛《か》けに、三人の表情はすぐに引き締まった。

「里見さん！」

「分かっています。藍華さん、頼《たの》むよ」

「はいっ！」

三人とも状況はよく分かっている。素早《すばや》く状況の再確認《さいかくにん》を済ませると、真希は透明化《とうめいか》の呪文《じゅもん》の詠唱《えいしょう》に入った。守らねばならないのだ。可能な限り、多くの人々を。

三人分の透明化、そしてその魔力の隠蔽《いんぺい》。どちらかといえば後者に多くの魔力を必要とする。だから三人が透明《とうめい》でいられる時間は一分もなかった。孝太郎は『タウラス・コボンの夜明け団』の兵士達の間を縫《ぬ》うようにして宇宙戦艦の外へ出た。そして最初に示し合わせたコンテナの背後を目指した。

——二人共、ちゃんと来ているみたいだな……。

この間、孝太郎達もお互いの姿は見えていなかった。赤外線センサーからも逃《のが》れられるほどの完全な透明化なので、肉眼で見るのは不可能だった。だが孝太郎には二人の霊力《れいりょく》が見えている。おかげで二人が上手くついて来ている事が分かった。少女達も大まかにだが孝太郎の位置は把握している。ウサギが孝太郎の身体の周りの空気の流れを感知しているおかげだった。

――問題は発動時の一瞬《いっしゅん》だが……果たして……。

それでも不安はあった。透明化と魔力の隠蔽の魔法を使っている訳だが、流石《さすが》に魔法が発動する瞬間《しゅんかん》には僅《わず》かに魔力が漏《も》れている。隠蔽の魔法が動き始めるまで、僅かにタイムラグがあるからだ。そこを感知された場合はアウトだった。

「……よしっ」

孝太郎はコンテナの背後に駆《か》け込《こ》む。続いて真希、ナナも駆け込んできた。そのほんの数秒後に三人の姿が現れる。透明化の魔法が切れたのだ。

「……二人共じっとしてて！」

身を寄せ合うようにして孝太郎達は身動きを止める。もし魔力を感知されていたら、この行為は無意味だ。すぐに兵士達が押《お》し寄せてくるだろう。

――頼む、杞憂《きゆう》であってくれ！

この時ばかりは孝太郎も神頼《かみだの》みだった。この拠点がマクスファーン達にとってどれだけの価値がある場所なのかがまだ分かっていない。だから『タウラス・コボンの夜明け団』の拠点とは違い、その警備状況は不明だった。

「……大丈夫《だいじょうぶ》、みたいね……」

「どうやら、そのようです」

ナナも孝太郎も緊張は解いていない。だが敵がやってくる気配はなかった。また警報が鳴ったりもしなかった。

「敵意は感じません。上手くいきました」

最終的に真希がそう保証した。彼女は心を操る藍色の魔法使《まほうつか》い。魔法を使わなくても、表層部分の単純な思考は大まかにだが感じ取る事が出来る。その力が周囲の雰囲気《ふんいき》を伝えてくれていた。真希が感じたのは訪問した側と、訪問された側、双方《そうほう》の微妙《びみょう》な緊張感だけ。彼らからは敵を見付けた時のような感情は感じられなかった。

「はぁ……やれやれ」

「何度やってもこういう時は緊張するわね……」

ここでようやく孝太郎とナナは表情を緩《ゆる》めた。まだ安心できるような状況ではないが、当面の危機は脱《だつ》した。どうやらこの着陸場周辺には、対魔法の監視《かんし》装置までは用意されていない様子だった。

『ようこそおいで下さいました、「タウラス・コボンの夜明け団」の皆《みな》さん。私はこのワイサラム基地で人事部門を統括《とうかつ》するクライセンであります。我々フォルトーゼ解放軍は、皆さんの到着《とうちゃく》を心より歓迎《かんげい》します！』

空気が緩んだのは孝太郎達だけではない。拠点側の責任者が歓迎を示した事で、兵士達が抱えていた不安と緊張が大きく緩んでいた。現場レベルの兵士までは、フォルトーゼ解放軍がどんなつもりで合流を受け入れたのかが伝わっていない。だから佐官クラスが歓迎の弁を述べた事は、現場の兵士にとっては幾らかの安心材料となった。

『インフォメーションメッセージ。ワイサラムはバルカーラ星系第四惑星《わくせい》にある地名。あまり大きくない開拓地《かいたくち》で、この拠点はその周辺にあるものと推定されます』

「………よし、目的は果たした！　後は帰るだけだ！」

ラルグウィン一派はずっと尻尾《しっぽ》を出さずにいたが、その支配者が人知れずマクスファーンへ移った事で、孝太郎達は遂《つい》にその尻尾を掴《つか》む事に成功していた。ここが兵士達を受け入れる拠点である以上、他の拠点との情報交換も行われている筈だ。これはマクスファーンを追い詰《つ》める大きな一歩と言って良いだろう。孝太郎達が無事に脱出できれば、という条件付きではあったのだが。

『小型無人機を放出、外部とのアクセスを試みます』

ウサギは再び小型の多目的無人機を放出する。以前と同様に、外部に情報を持ち出そうというのだ。孝太郎達が脱出すれば持ち帰れる情報ではあったが、少しでも早く伝えた方が良い情報でもある。新たに放出された小型無人機は、まるでネズミのように物陰から物陰へと走り、格納庫を出て行くコンテナに便乗して外へ出て行った。

「あの子、ちゃんと外へ出られるかしら……」

ナナにもそれがただの機械である事は分かっているのだが、その可愛らしい外見ゆえに生き物のように感じていた。だから怖い目に遭《あ》っていないか、踏《ふ》み潰《つぶ》されたりしないか、迷ったりしないか――ナナはそんな風に心配していた。

『当該《とうがい》機体が外へ出られるかどうかは分かりませんが、任務の性質上、隠密《おんみつ》行動を最優先して行動します。発見される可能性は非常に低いと推定されます』

この拠点に皇国軍の無人機が忍《しの》び込んでいると気付かれると孝太郎達が危険だし、この拠点の場所がバレたと考えて様々な対策を取る可能性が高い。そうなると情報の持ち出し自体が無駄《むだ》になるかもしれないのだ。だからまずは隠密。場合によっては出るのを諦《あきら》めて何処かに潜伏し続けるかもしれない。ともかく存在を悟《さと》られない事を最優先するので、無事である可能性は高かった。

「そっか、良かった」

ウサギの言葉にナナが一瞬だけ笑顔を覗かせる。

――身体の多くの部分が機械になっているんだよな、ナナさんは……。

孝太郎はナナが小型無人機を心配する理由が、単純に可愛いからだけではないだろうなと思っていた。だがその事は一旦《いったん》頭の片隅《かたすみ》に追いやる。今はこの危険な状況に集中するべき時だった。

『……皆さんはこれから健康診断と兵士としての登録を行います。こちらの――うん？　どうした？』

クライセンと名乗った中隊長は引き続き『タウラス・コボンの夜明け団』に対して説明を続けていた。だがそんな彼の背後から部下と思《おぼ》しき兵士が近付き、その耳に何かを囁《ささや》いた。するとクライセンの表情が変わった。

『何だと⁉　それは一体どういう事だ⁉　何故《なぜ》そんな事をしなければならん⁉』

『分かりません。しかし上からそういう指示があったようで……』

『お前と言い争っても埒《らち》が明かん。俺が直接――おおっと、申し訳ありません。こちらでちょっと手違《てちが》いがありました。準備が出来次第《しだい》、順番にご案内致《いた》しますので、今しばらくそのままでお待ち下さい』

そう言ってクライセンは足早に壇上《だんじょう》を降り、この場所――恐《おそ》らくは格納庫――の出口へ向かう。遠くて分かり難《にく》いが、孝太郎には声だけでなく表情や霊波《れいは》も険しいものへ変わったように感じられていた。

「……なんだか雲行きが怪《あや》しいわね……」

ナナには霊波までは分かっていないが、孝太郎と同じように感じていた。何かクライセンが予想していなかったトラブルが起こったのだ。そんなナナの言葉を受け、真希は首を傾《かし》げる。

「……でも奇妙《きみょう》です。私達《たち》を見付けたようには感じません。里見君はどうですか？」

「……俺もだよ。誰《だれ》の意識もこっちに向いてない」

真っ先に思い付くのは、孝太郎達の侵入《しんにゅう》がバレたというものだ。孝太郎達と交戦する場合は、マクスファーン達からは一般《いっぱん》の部隊が困惑《こんわく》するような指示が来る筈だ。魔法や霊子力技術は一般の兵士までは知られていないから自然とそうなるのだ。だがそれなら誰かが孝太郎達の存在に気付いている訳なので、今隠《かく》れている場所や先程まで居た宇宙戦艦に、敵意や危機感を向ける者が現れる筈だ。しかしそれは起こっていない。すると孝太郎達とは全く関係ないイレギュラーなトラブルが発生したと考えられる。これは孝太郎達だけでなく『タウラス・コボンの夜明け団』の兵士達にとっても、不安を誘《さそ》う状況だった。

『どうしたんだろうな？』

『敵でも来たのか？』

『それなら俺達にも出撃命令が出るだろうし、戦闘《せんとう》音も聞こえない』

『うーん、変だな……』

『しかしあの中隊長さんの雰囲気、ただ事じゃなかったぞ』

残された兵士達が言葉を交《か》わす度に、不安が広がっていく。それは孝太郎と真希に強く伝わっていた。やはりそれは状況に対する大まかな不安であり、感情の逃《に》げ場《ば》がなく、迷《めい》走《そう》していた。そんな時だった。

『インフォメーションメッセージ。先程演台に居た中隊長への命令が判明しました。原文のまま読み上げます。「直ちに空調システムを完全に停止せよ」』

ウサギは今も情報収集にあたっている。現在アクセス可能なセキュリティレベルは、下級の兵士達のものだけであったが、そこに新しい命令が降りて来たのだ。

「……空調の停止だと!?　一体何の為だ!?」

孝太郎はその情報で混乱する。思わず大きな声が出そうになった程《ほど》だった。

「伝染病《でんせんびょう》か何かかしら？」

ナナは真っ先に感染症《かんせんしょう》の発生を疑った。感染症専門の病棟《びょうとう》は、空気が外部と隔絶《かくぜつ》された環境《かんきょう》になっている。空気感染《かんせん》の病原体が外へ出ないようになっているのだ。それと比べると完全ではないものの、空調を停止して空気を外へ出さないようにするという対応は、感染症への対策としては間違《まちが》っていないように感じられた。

「いえ、これは……里見君っ、何か起こっています！」

この時、真希は格納庫の外から激しく乱れた感情を感じ取っていた。それは強い恐怖《きょうふ》や生存への願望が入り乱れた、酷く混乱した感情だった。そしてその感情は端から順に一つずつ消えていく。また消える速度は加速度的に上がっていた。それが何を意味しているのかは明らかだ。大量の死。いつしかその死は津波《つなみ》のように地面を揺るがしながら、格納庫に雪崩《なだ》れ込んで来た。

「これは……馬《ば》っ鹿野郎《かやろ》ぉおっ!! 正気かマクスファーンッ、グレバナスゥッ!! お前達は何て事を考えたんだぁっ!!」

その瞬間、孝太郎は全てを理解した。何故空調を止めさせたのか。安易に反政府勢力を受け入れたのか。弱い兵士で構わなかったのか。セキュリティ問題を無視したのか。全てはこうする為だったのだ。

「どういう事なの、里見さん!?」

「あれは前にも戦った生ける屍《しかばね》です!! マクスファーンとグレバナスは『タウラス・コボンの夜明け団』を全て生ける屍に変える気なんです!!」

格納庫に雪崩れ込んで来たのはこの基地の兵士達だった。その先頭に居るのは先程話をしていたクライセン中隊長だ。だがその姿は異様だった。肌《はだ》は黒っぽく変色し、目は落ち窪《くぼ》みギラギラした光を放っている。霊力が見える孝太郎には一目で分かった。それが『廃《はい》棄物《きぶつ》』が生み出した生ける屍なのだと。

「まさかっ、ろくに訓練されてない兵士なら、生ける屍にしてしまった方が何かと都合が良いって事!?」

頭の回転が速いナナは、孝太郎の僅かな説明だけで状況を把握した。マクスファーンとグレバナスは、最初から『タウラス・コボンの夜明け団』をまともに仲間にするつもりなどなかったのだ。マクスファーン達も彼らのセキュリティ意識の低さや戦闘力《せんとうりょく》の低さが足を引っ張ると考えていた。だから手頃《てごろ》な星に呼び寄せ、生ける屍に変える。生ける屍は通信をしないから、今後はセキュリティの問題はない。また生ける屍は本能で戦うので、訓練不足も関係ない。そして空調を止めたのは『廃棄物』が外へ漏れないようにする為だ。現時点では『廃棄物』は空気感染しないが、飛沫《しぶき》や小さな生き物を介して広がる可能性はあったから。この分では、恐らく下水道も閉鎖されているだろう。だがもちろんこれは安全対策などではない。感染が広がる事で、この拠点の場所を孝太郎達に知られないようにする為だった。

「つまり、ここは生ける屍の工場だったという事なの⁉」

真希も驚きを隠せなかった。それはかつてダークネスレインボゥの幹部であった真希でさえも恐怖させる程の、悪魔《あくま》の所業だった。真希達もゾンビを使った事はある。だがあくまで死体を操るだけで、生きた人間を材料にした事はなかった。だがここではそれが行われている。様々な意味で危なっかしい反政府勢力をこの場所に呼び寄せ、生ける屍に加工して出荷《しゅっか》する。多くの問題が一度に解決する手法ではあるが、まともな人間がやる事ではなかった。

技術的問題　十二月二十二日(月)

　格納庫に躍《おど》り込んだ生ける屍の群れは、そのまま『タウラス・コボンの夜明け団』の兵士達に襲《おそ》いかかった。この時、兵士達は武器を持っていなかった。検査と登録をするという話だったので、持って降りなかったのだ。武器や防具は全て船内の個人用ロッカーの中にあり、訳の分からないまま奇襲《きしゅう》を受けた。まともに訓練を受けていない彼らが、この状《じょう》況《きょう》に陥《おちい》れば結果は明らかだ。始まったのは一方的な虐殺《ぎゃくさつ》だった。そして死んだ兵士はすぐに生ける屍となって立ち上がり、かつての仲間を襲い始める。それは悪夢のような光景だった。

　人の死が積み上がり、膨れ上がる恐怖と混乱は状況を更《さら》に悪化させた。兵士達は自分以外の人間を押し退《の》け引き摺《ず》り倒《たお》し、我先に逃げようとする。だが逃げる場所など何処にもない。出入口には全てロックがかけられている。ここはあらかじめ用意された加工用の閉《へい》鎖《さ》空間。全員が生ける屍に変わるまで、外へ出る事は出来ないのだ。だがそれでも彼らは必死に逃げようとした。倒れた仲間を踏み砕《くだ》きながら、固く閉ざされた扉《とびら》を叩《たた》き、懸命《けんめい》に助けを乞《こ》う。彼らはただただ生き延びたいのだ。だが扉は決して開かれない。増え続ける生ける屍によって、端から順に殺されていく。それはもはや悪夢という言葉では足りないだろう。この世の地獄《じごく》とでも言うべき光景だった。

「………お前の言う通りだったぞ、マッケンジー。マクスファーンを前に、一瞬でも立ち止まったら、こういう事になるんだ………」

孝太郎《こうたろう》は強い決意と共に立ち上がり、腰《こし》に下げてある剣《けん》の柄《つか》に手をかけた。

「待って、里見《さとみ》さん、どうするつもりなのっ⁉」

そんな孝太郎の手の上にナナの小さな手が重なり、剣を抜くのを止めさせた。ナナも孝太郎の行動の意味は分かっている。だがその前に確認せねばならない事があったのだ。

「このまま放ってはおけません！　無事な人だけでも助けます！」

「でも、そうすると私達がここに居る事がバレてしまうのよ⁉」

問題は孝太郎が行動を起こす事で、この場所に忍び込んでいる事がバレてしまうという事だった。それはこれまでの作戦を全てぶち壊《こわ》しにしかねない行動だ。もちろん孝太郎達の身の危険もある。マクスファーン一派に勝つ事を最優先に考えるなら、見付からないように身を隠すか、脱出《だっしゅつ》を試みるべき状況だった。

「それは重々分かっています！　そもそも彼らは敵だったし、作戦的にも間違いかもしれない。けれどやはり放ってはおけません！　これは公平ではない！　それに悩んでいる時間もないんです！」

　孝太郎達にとって『タウラス・コボンの夜明け団』は敵だった。そして優先すべきは任務の達成である筈《はず》だ。だが孝太郎はそれでも助けたいと思った。それは恐らくラルグウィンやファスタに感じたものと同じだ。兵士が戦いの中で死ぬのはある程度仕方ない。不満はあれど、理解出来なくもない。だがこれは違《ちが》う。突然襲《とつぜんおそ》いかかってくる理不尽《りふじん》な死。しかもけしかけて来たのは味方だと思っていた相手。誰も状況を理解出来ていない。孝太郎にはそれが人の命や尊厳を踏みにじる行為にしか見えなかった。

「それにきっと、俺《おれ》の大事な人達はこれを見過ごして良いとは言わない!!　ナナさん、貴女《あなた》もそうなんでしょうっ!?」

　ティアも、クランも、エルファリアもそうだろう。どれだけ時間が過ぎようと、彼女達《かのじょたち》の理想はアライアと同じだ。たとえ敵であろうとも、理不尽な死から自国民を守るのだ。そして早苗《さなえ》だって静香《しずか》だってキリハだって、彼らの死を喜ばないだろう。結果的に青騎士《あおきし》と孝太郎自身、双方の願いが一致《いっち》していた。あとは迷わず進むだけだ。たとえそれが間違いであろうとも。賢治《けんじ》が言っていた通りに。

「だから力を貸して下さい、ナナさん！」

「ふふ、分かってるなら良いわ。よしっ、それじゃあやってみましょうかっ！」

ナナは変装用の拳銃《けんじゅう》を投げ捨てると、隠し持っていた愛用の拳銃――オーヴァーザレインボゥを引っ張り出した。この時の彼女の横顔は強い意志で彩《いろど》られていた。孝太郎が言う通り、彼女も助けたいと思っていたのだ。だが一時の感情で突《つ》っ走れば後で後悔する。だから確認が必要だったのだ。それが後悔のない選択《せんたく》であると。結果は彼女の期待通り。いや、孝太郎は期待以上の答えを口にしてくれた。俺の大事な人達はこれを見過ごして良いとは言わない。貴女もそうなんでしょう。力を貸してくれ――ナナはこの時、何時《いつ》になくやる気に満ちていた。

「里見君、私にはそういうの言わないの？」

真希《まき》はそう言って悪戯《いたずら》っぽく微笑《ほほえ》む。その澄《す》んだ瞳《ひとみ》が孝太郎に教えてくれた。彼女は何もかも分かっている。その上での言葉なのだと。

「藍華《あいか》さんには言わなくても――あー、いや、違うな」

シャキン
孝太郎は剣を引き抜いた。もはや止める者は居ない。ナナは隣《となり》で銃《じゅう》を構え、そして真希は杖《つえ》を両手に抱《かか》えるようにして孝太郎と向き合っていた。

「――一緒《いっしょ》に来てくれ、藍華さん」

「はい。どこまでも……」

真希はその澄んだ瞳のまま、しっかりと頷《うなず》いた。こうして孝太郎達は作戦の失敗を覚悟の上で、『タウラス・コボンの夜明け団』の兵士達を救おうと決心したのだった。


基本的に『タウラス・コボンの夜明け団』の兵士達は非武装だった。そうなるタイミングを狙《ねら》われたので当然だろう。だが何事にも例外はある。無精者《ぶしょうもの》が拳銃のホルスターを外さずに来ていたので、武器が全くないという訳ではなかったのだ。同じ理由で個人用の空間歪曲《わいきょく》場発生装置を身に着けたままの者もいた。そしてその手の無精者は大半が比較的《ひかくてき》練度の高い兵士達だった。武装が日常化していたので、外していなかったのだ。そして練度が高いおかげで、この危機的状況でもまとまって行動する事が出来ていた。

「ありゃ人間じゃねえのか!?」

「一体何なんだ、あのバケモノは!?」

「動きが速過ぎる!!　時速百キロを超《こ》えてるんじゃないか!?」

「言ってないで撃《う》て！　前の連中がもたないぞ！」

兵士達《たち》は大半がパニック状態だったが、一部の兵士達がそこから抜け出しつつあった。彼らは一ヶ所に集まり、陣形《じんけい》を組み上げげつつある。鉄パイプやハンマーなどで武装した者達に空間歪曲場発生装置を持たせて前に出し、銃を持った者がその後ろから生ける屍を攻《こう》撃《げき》する。そして完全に非武装の者をその更に後ろに隠す。この『タウラス・コボンの夜明け団』は確かにいい加減な組織ではあったが、それでも仲間意識はあった。彼らは仲間達と共に生き残ろうと必死だった。

「駄目《だめ》だっ、当たらねえっ！」

「もっと射撃《しゃげき》の練習しておけばよかったっ！」

「泣き言を言うな！　止めれば一気に押し寄せて来るぞ！」

しかし状況はすこぶる悪かった。今の生ける屍は主にパニック状態の兵士達を襲っているから、陣形を組んでいる兵士達のところにはあまり来ていない。やはり大騒《おおさわ》ぎしている方を狙うのだ。だがそういう状況でも、彼らは生ける屍を追い払《はら》うので精一杯《せいいっぱい》だった。生ける屍は強く、拳銃の残弾《ざんだん》数は少ない。不利は誰の目にも明らかだった。

――――弾《たま》が尽《つ》きるのが先か、敵が増えるのが先か……この後どうする!?　どうやった

ら生き延びられるのだ⁉

臨時で指揮を執《と》っている分隊長は頭を抱えていた。好材料が何一つない。戦況《せんきょう》は最悪。非武装の者達に手近なハッチを調べさせたが、どれも固く閉ざされている。状況が悪いにもかかわらず、撤退《てったい》も出来ない。このままでは全滅《ぜんめつ》は必至だった。

――解放軍の奴等は、最初からこうするつもりだったんだ！　俺達《おれたち》をあのバケモノに変える為《ため》に、ここへ呼び込んだんだ！

分隊長にも何故こうなったのか、その理由がおぼろげながらに分かってきていた。彼にも自分達の練度の低さは分かっていた。それを解決する為にも、フォルトーゼ解放軍と合流したかったのだ。だがフォルトーゼ解放軍はそんな事は考えていなかった。問題の怪物《かいぶつ》の強さを見れば分かる。あれは生物兵器か何かだ。それを増殖《ぞうしょく》させる為に『タウラス・コボンの夜明け団』は利用されたのだ。その事に気付いた分隊長が絶望しかけた時、兵士の一人が叫《さけ》んだ。

「馬鹿野郎《ばかやろ》ぉっ、こんな甲斐《かい》のない人生があるかぁっ⁉　せめて敵と戦って死なせてくれよぉっ‼　何であんなバケモノの餌《えさ》にならなきゃいけねぇんだぁっ‼」

兵士達が戦う理由は様々だ。理想を胸に集まった者もいれば、単に生活が苦しくて戦いに加わった者もいる。けれど等しく死は覚悟していた。自分達は弱いから、特にその可能性が高い事は最初から分かっていたのだ。だが覚悟したのは、この死ではない。こんな風に怪物に変えられる死など想像もしていなかった。もう少し意味のある終わりを、迎《むか》えられると思っていたのだ。もちろん、そう思っていたのは声を上げた兵士だけではない。この場にいる全ての兵士がそう思っていた。

「……よし、まだ元気が残ってる奴らが居たな」

そんな兵士達の前に、一人の青年が姿を現した。年齢《ねんれい》は若い。成人したばかりか、下手するともう少し若いかもしれない。そしてその手に握《にぎ》られている武器は古めかしい騎士剣《きしけん》だ。驚《おどろ》いた事に青年は、その優美な騎士剣を一振《ひとふ》りし、兵士達に迫《せま》りつつあった数体の生ける屍を斬《き》り倒した。その瞬間、騎士剣の装飾《そうしょく》が照明の光を反射して煌《きら》めく。それを見た分隊長は目を剥《む》いた。

「馬鹿な、お前は――――」

華《はな》やかだが落ち着いた雰囲気を持つその装飾は、フォルトーゼ人なら誰もが知っているものだった。分隊長は反射的にその持ち主の顔を見て絶句する。知っている。その顔もやはり、フォルトーゼ人なら誰もが知っている人物だった。

「青騎士《あおきし》だっ、こいつ、青騎士だぞ⁉」

「青騎士がこんな場所に居る筈がないだろう⁉」

「だったらこっち来て見てみろよっ‼」

兵士達も気付き、口々に声を上げ始める。だがやはり一様に混乱していた。状況も分からないが、青騎士がここに居る理由も分からない。だが普通に考えれば青騎士が攻撃してきたと考えるべきだ。しばらくかかってその結論に至った兵士達は、青騎士――孝太郎に銃を向けた。

「落ち着け、俺を撃ったら弾がなくなるぞ！　そいつは奴《やつ》らを倒す為に使え！」

「だがお前は敵だ！」

「そうだそうだ！」

「そんな事を言っている場合かっ⁉　お前らはここで、あいつらに喰《く》われて死にたいのかっ⁉」

孝太郎のその一言で、兵士達の動きが止まった。彼《かれ》らも状況の悪さは良く分かっているのだ。孝太郎を倒しても生ける屍を倒せない。それでは意味がなかった。

「そうじゃないなら手を貸せ‼　一緒に奴らを撃退《げきたい》するぞ‼」

「だっ、誰がお前なんかと手を組むか！」

「そうだそうだ、皇家の犬めっ！」

理屈《りくつ》では彼らも分かっている。それでも拭《ぬぐ》い切れない感情的な障害があった。やはり突《とっ》然青騎士《ぜんあおきし》から協力しろと言われても、すぐには納得《なっとく》出来ない。兵士達は口々に反発の声を上げた。

「そんな事を言ってる暇《ひま》はないんだっ！」

ガッ

孝太郎はそう言いながら手にしたシグナルティンを一閃《いっせん》する。すると彼らが乗って来た宇宙戦艦《せんかん》、その格納庫のハッチが真っ二つに両断された。これまで兵士達がどうやっても開かなかったそのハッチが、今はぽっかりと口を開けていた。

「今すぐ、誰と戦うのかを決めろ‼　俺は奴らを外に出す訳にはいかない‼　ここで全て倒す‼」

孝太郎はハッチに背を向けると、改めて兵士達と向き合った。そして再び声を張り上げる。

「お前達はどうするっ⁉　お前達だって、ここで死ぬ為に軍に参加したんじゃないだろう⁉」

「………分かった、お前に協力しよう」

どちらも選べずに動けなくなった兵士達に代わって、分隊長が答えた。彼の結論は孝太郎と手を組むというものだった。

「分隊長っ、正気ですか⁉」

「落ち着け、俺も気持ちはお前達と一緒だ！　だが確かに、こいつらを外に出す訳にはいかん！　ましてや俺達がそこへ加わるなど、考えたくもない！」

もちろん分隊長も青騎士に協力するなど考えたくもなかった。だがどうしてもそれが必要だった。兵士達が『タウラス・コボンの夜明け団』に参加した理由は様々だが、皇家の支配を脱却《だっきゃく》し、より良い世界を作ろうという目的の為に活動してきた。それに照らすと確かに生ける屍――彼らはその呼び名を知らないが――を外に出す訳にはいかない。外で増殖すれば何が起こるか、それがより良い世界ではない事は明らかだったから。ましてや自分達も死んで生ける屍になって、その一団に加わるなど有り得ない。それを避《さ》ける為であれば、青騎士と手を組む事もやむなし――それは苦渋《くじゅう》の決断だった。

「だが言っておくぞ青騎士！　協力はあくまで一時的なものだ！　この戦いが終われば、俺達はまた敵同士だ！」

「それでいい。その折には俺も容赦《ようしゃ》はしない」

「決まりだ！　お前達、すぐに武器を集めろ！　反撃《はんげき》開始だ！」

『おうっ‼』

兵士達も腹が決まったようで、大声の復唱と共に孝太郎に向けていた武器を下ろした。

そして兵士達は孝太郎が扉を両断したハッチへ入っていく。そこには彼らがここまで運んで来た武器があるのだ。その表情は先程《さきほど》までよりも幾《いく》らか明るい。青騎士《あおきし》と手を組み、武器が手に入るなら、何とかなるかもしれない――――兵士達の心に、そんな小さな希望が芽生え始めていた。

孝太郎と兵士達が合流した直後は、一時的に防御力《ぼうぎょりょく》が落ちた。武装を整える為に戦線を抜《ぬ》ける兵士達が居たからだ。だが敵は待ってくれない。一時的に抜けた兵士達に代わる兵力が必要だった。それをしていたのが真希とナナだった。

「兵達が戻《もど》って来たわね」

オーヴァーザレインボゥの連射で生ける屍を倒した後、ナナは軽く後ろを振《ふ》り返って確認する。そこにはレーザーライフルと歪曲場の防具を身に着けた兵士達が続々と集結しつつあった。

「里見君もです」

真希は杖を変形させた魔《ま》法《ほう》の大剣《たいけん》で生ける屍を薙《な》ぎ払いながらそう応じた。するとそこに当の孝太郎が駆け込んで来た。

「二人共待たせた！　助かったよ！」

　これまで孝太郎は宇宙戦艦のハッチ付近の防衛に当たっていた。そこを生ける屍に襲われると兵士達が全滅しかねなかったからだ。だが兵士達自身の武装が進むと、孝太郎はその防衛を彼らに任せて二人のところに戻ってきていた。

「それと彼がこの部隊を率いる分隊長の――――って、そういえばまだ名前を訊《き》いてなかったな、分隊長」

「………バークレインだ。よ――――いや、何でもない」

　分隊長――――バークレインは少女達によろしく頼む、と言いかけた。だがすぐに本来は敵なのだと気付き、その言葉を呑《の》み込んだ。

「よろしく、バークレインさん。私はナナ」

「初めまして、真希と言います」

　だが少女達の方は朗《ほが》らかな笑顔をバークレインに向ける。彼女達はもう、彼らを敵だとは思っていなかった。

　――――正気なのか、こいつらは………。

　その状況にバークレインは戸惑《とまど》っていた。青騎士とその部下である二人の少女は、いとも簡単にバークレイン達を迎え入れた。だが青騎士《あおきし》は皇家の武の象徴《しょうちょう》であり、バークレイン達は皇家に弓引く反政府組織に所属している。本来は敵同士、互《たが》いに警戒《けいかい》しなければならない間柄《あいだがら》だった。

「……不思議ですか？」

だがその真希の一言でバークレインは背筋が凍《こお》る思いをさせられた。

――他人の心が読めるのか、この娘《むすめ》は!?

バークレインは驚きでその髭面《ひげづら》を大きく歪《ゆが》めていた。実際には真希はバークレインの表層の感情、色濃《いろこ》い戸惑いを感じ取っただけなのだが、タイミングや言葉選びがあまりにも適切であったから、驚かされてしまったバークレインだった。

「私もです。私もかつて、里見君――えと、青騎士閣下の敵だったんですよ」

「なんだと!?」

続く真希の言葉で、バークレインは更に驚かされた。真希もまた、バークレイン達と同様に青騎士とは対立していた。それは大きな驚きだった。しかし彼が一番驚いたのは、この直後の事だった。

「厳密に言うと皇女殿下《でんか》もそうだったのですけれど」

「馬鹿な――」

真希の言葉が本当なら、青騎士は当初、皇家とは対立していた事になる。それが何故皇家の守護者と言われるようになったのか、バークレインには皆目《かいもく》見当が付かなかった。

「バークレイン、お前達の宇宙戦艦の方はどうだ？」

だがバークレインが驚いていられたのはほんの数秒だった。当の青騎士から話しかけられた事で、今の状況を思い出した。関係に悩《なや》んでいる暇など何処《どこ》にもなかった。

「ついさっき、中に入った連中の報告が上がってきた。やはり管制に権限を委譲《いじょう》したままロックがかけられているらしい。すぐには動かせん」

地球の飛行機と同じく、フォルトーゼの宇宙船にも入港や着陸を自動で行う仕組みがある。その時に管制塔《かんせいとう》に一時的に機体制御《せいぎょ》の権限が渡《わた》るのだが、普通《ふつう》はボタン一つですぐに権限を取り戻す事が出来る。だが権限が渡った段階でロックされてしまっており、その解除には酷《ひど》く手間がかかる。戦いの最中にやって間に合うようなものではなかった。

「やっぱり最初からこうするつもりだったのか……」

報告を聞いた孝太郎は表情が厳しくなる。最初から『タウラス・コボンの夜明け団』が脱出出来ないように手を打ってあったのだ。

「思い切った手が必要だ。どうする、青騎士？」

放っておけば武装していない兵士達が死に、敵はどんどん増える。その打開策を宇宙戦艦とその兵装に頼《たよ》ろうとした訳だが、前もって対策されていて使えなかった。その代わりとなる策が必要だった。

「俺達で奴らの足を止める。お前達で仕留めろ」

戦闘力が高い孝太郎達で足止めし、兵士達の火力で仕留める。単純な陽動作戦ではあるが、現時点で取り得《う》る作戦としては上出来な方だろう。

「………俺達はお前を撃つかもしれないぞ?」

一旦は味方になったが、感情的なもつれは今も残っている。孝太郎達を撃ってしまう者達が居ないとは言い切れなかった。

「好きにしろ。その代わり、俺を撃った責任は取れよ。必ず連中を殲滅《せんめつ》するんだ」

孝太郎はその辺りの事も覚悟《かくご》の上だった。それに、そんな事を心配している余裕《よゆう》もないのだ。最優先は殺されていく兵士達を救う事。そして生ける屍をここから出さない事。それ以外の事を気にしていては、犠牲《ぎせい》が増える一方だった。

「………承知した。倒せるだけ倒そう」

「任せる。じゃあ行こうか、二人共!」

そう言うと孝太郎はシグナルティンを担《かつ》いで先に立って歩き始めた。多くの兵士を取り込《こ》んだ生ける屍の群れは、次第にそのターゲットを孝太郎達と共闘《きょうとう》中の兵士達に移しつつある。何としても、その群れを押《お》し留《とど》めなくてはならなかった。

「さて、ここからが本番ね」

ナナは愛用の拳銃を手に孝太郎を追う。今の孝太郎はいつもの鎧《よろい》を着ていない。だからその背後を守る役目は、いつも以上に重要になる。ナナは命に代《か》えてもその役目をやり遂《と》げる覚悟だった。

「それでは、あとはよろしくお願いします」

真希は最後にバークレインに軽く頭を下げてから、二人の後を追った。

――聞いていた話とは、随分違《ずいぶんちが》うようだ……青騎士《あおきし》、か……。

反政府組織である『タウラス・コボンの夜明け団』の中では、青騎士については様々な噂《うわさ》が語られていた。血も涙《なみだ》もない殺戮者《さつりくしゃ》だとか、権謀術数《けんぼうじゅつすう》に長《た》けた悪魔とか、それらは総じて悪い噂だった。だが実際に目の前にした青騎士からは、そういう雰囲気《ふんいき》は微塵《みじん》も感じられない。むしろバークレイン達《たち》がプロパガンダだと切り捨てていた、良い噂の方が実際の印象に近いように感じられていた。

「総員、攻撃態勢のまま前進だ！　青騎士が敵を止めてくれる。それを狙い撃て！　絶対に味方には当てるなよ！」

「青騎士達も、ですか？」

「忌々《いまいま》しいが、今は味方だ。それに撃てば俺達はここで死ぬ」

「…………分かりました。味方の識別信号に、青騎士《あおきし》達も加えておきます」

直接孝太郎と接したバークレインだけでなく、他の兵士達にも少しずつ戸惑いの波は広がっていた。少なくとも孝太郎達を問答無用で撃とうとする者は、この時点では居なくなっていた。

生ける屍は、グレバナスが手に入れた『廃棄物』によって発生する。生きた人間や死体に『廃棄物』が接触《せっしょく》する事で、そこに宿る負の霊力《れいりょく》が感染して生ける屍に変化するのだ。そして新たな生ける屍の中で『廃棄物』が再生産され、別の人間との接触により数を増やしていく。そうやって増殖していくので、生ける屍は正の霊力、つまり普通の霊力に引き寄せられる傾向《けいこう》がある。正の霊力を持つ生命に感染して仲間を増やしたいし、強過ぎる正の霊力は『廃棄物』を消滅《しょうめつ》させる危険な力だ。そんな二つの理由から、正の霊力の持ち主は襲われ易《やす》い。それはつまり、強い霊能力《れいのうりょく》を持っている者は生ける屍をおびき寄せる囮《おとり》になれるという事にもなるのだった。

「私の身体の霊子力ジェネレーターをオーバードライブにすれば良いと思うのよ」

ナナが真っ先に思い付いたのは、自分の身体を構成する義肢《ぎし》に搭載《とうさい》されている霊子力ジェネレーターだった。通常はバッテリーで駆動《くどう》しているのだが、補助的な動力として霊子力ジェネレーターが利用されていたのだ。それを暴走状態にすれば大量の霊力が発生し、生ける屍をおびき寄せる事が出来る筈だった。

「銃が武器のナナさんが囮をやるのは危険です。それにオーバードライブは負荷《ふか》が高くて危険です。ここは俺がやります」

だが孝太郎はナナの考えに否定的だった。敵が押し寄せてくるので多くの敵を薙《な》ぎ払う攻撃が必要だが、ナナの銃では難しい。また暴走状態になったジェネレーターは不安定になる。ナナの身が心配だった。

「でも………」

実を言うとナナが自分が囮になると言い出したのは、孝太郎に囮をさせたくないという個人的な感情が一番大きな理由だった。だからナナはこの時点でもまだ言い募《つの》ろうとしていた。天才の彼女《かのじょ》にしては珍《めずら》しく、理屈ではなかったのだ。

「気持ちは分かりますけど、里見君が正しいです。ここはナナさんと私で里見君を守る形の方が良いと思います」

しかし孝太郎を守る事を常に最優先する真希が、それでもこう言った時点でナナは自分が無理筋のワガママを言っている事を悟《さと》った。

「……………分かった、そうしましょう」

一度は残念そうに肩《かた》を落としたナナだったが、すぐに自分の顔を手の平で何度か叩いて気合を入れ直した。そうして銃を構え直したナナをちらりと確認《かくにん》した後、孝太郎は剣を構えて前に出た。

「じゃあ行くとするか。バックアップを頼《たの》む、二人共!」

「里見君、気を付けて!」

「後ろは守るわ、安心して頂戴《ちょうだい》!」

前に出る孝太郎から幾らか距離《きょり》を置いて真希とナナが続く。二人の援護《えんご》を受けて孝太郎が前に出る。やはりこれが一番安定する形だった。

「大分増えたな……………全滅する前にどうにか……………」

孝太郎の正面には沢山《たくさん》の生ける屍がいた。その大半が孝太郎に背を向け、更にその奥《おく》に居る無防備な兵士達を襲っている。混乱した兵士達の叫びが生ける屍を呼び寄せてしまっているのだ。

「こっちに来い、お前達っ!!」

次の瞬間《しゅんかん》だった。背を向けていた生ける屍が一斉《いっせい》に振り返り、孝太郎を見た。正確には孝太郎が左手に集中させた霊力の塊《かたまり》を見ていた。だがそれもほんの僅《わず》かな時間だ。すぐに生ける屍達《しかばねたち》は孝太郎に向かって走り出した。その数は十人、二十人と増えていく。兵士を襲っていた生ける屍の半分以上が、孝太郎に向かって走っていた。

「これでっ、どうだっ‼」

そして生ける屍との距離が詰《つ》まったのを見計らい、孝太郎は集めた霊力を爆発《ばくはつ》させた。それは人間の目にはちょっとした輝《かがや》きでしかなかったが、常時霊力で物を見ている生ける屍にとっては、太陽を直視したよりもずっと強い閃光《せんこう》となった。

『ギャアアァァァァッ、アアァァァァァァァッ‼』

視界を奪《うば》われた生ける屍達が大きな悲鳴を上げる。だがそれでも彼らが止まる事はなかった。彼らは暴走するネズミの群れのように、そのまま走り続けていた。

「サモンストラングラーバイン・モディファー・エリアエフェクト・ラージ」

だが次の瞬間突然《とつぜん》彼らの足が止まった。彼らは突如《とつじょ》として前方に出現した大量のツタに突っ込んでしまったのだ。そのツタは棘《とげ》だらけで、しかも蛇《へび》のように動いている。突っ込んだ生ける屍は絡《から》め取られ、身動きが取れなくなった。もし直前に視界を奪われなかったら、生ける屍は回避《かいひ》出来たのかもしれない。だがそれが出来なかったから、向かって来ていた個体の大半が突っ込み、絡め取られてしまっていた。

「良いぞっ、藍華さんっ！　その調子で頼む！」

「はいっ！」

ツタは真希の魔法によって出現したものだった。孝太郎の霊力の爆破《ばくは》に合わせて発動されたその魔法は、期待通りに生ける屍《しかばね》達の足止めに成功していた。だが全てを絡め取れた訳ではない。効果範囲外《はんいがい》を進んで来る生ける屍も居たのだ。彼らの視界は徐々《じょじょ》に戻りつつあるようで、真《ま》っ直《す》ぐに孝太郎に向かっていた。

「後は私達の出番よね！」

そうした個体をナナが倒していく。生ける屍の動きは速いが、まだ視界不良の影響《えいきょう》が残っている。また彼女の銃は霊力の弾を撃てるので、多少は誘導《ゆうどう》が可能だ。そもそものナナの技量とも相まって、彼女は次々と生ける屍を倒していった。

「流石《さすが》は元・天才魔法少女か……」

孝太郎は小さく笑うと自身もシグナルティンを振るう。ナナが側面の敵を優先的に排除《はいじょ》してくれているので、孝太郎は正面の敵の相手をするだけで良かった。剣に宿る衝撃波《しょうげきは》の魔法は、生ける屍をまとめて吹《ふ》き飛ばした。

ちなみに相手が生ける屍なので、本来ならサグラティンを使うのが効果的だ。しかしこの時はそうもいかなかった。生ける屍は既《すで》にかなりの数になっているので、まとめて倒せる攻撃が必要だ。またサグラティンでは常に霊力が解放状態で目立ち過ぎてしまい、この状況だと囮としては使い難《にく》かった。引き付けたい時だけ引き付けてまとめて倒す場合、右手でシグナルティンを振るいつつ、左手に霊力を集めるこの形が有効だった。

「一斉射撃《いっせいしゃげき》！　このチャンスを逃《のが》すな！」

キュンッ、キュキュキュキュンッ

そして攻撃力《こうげきりょく》の不足は兵士達が補ってくれた。ツタに絡まった生ける屍はもちろん、孝太郎達《たち》が倒し損ねた敵も彼らが止《とど》めを刺《さ》してくれる。この孝太郎達の連携《れんけい》は非常に効果的で、次々と生ける屍を排除していった。

生ける屍の排除が進むと、何人かの生存者を救出する事が出来た。その数は十数人といったところだが、今も増え続けている。最初から一緒だった兵士達と合わせると、既に数十人に膨《ふく》れ上がっていた。だが良い事ばかりではない。救出が進んだ事で、ある人物の興味を引いてしまったのだ。

『なるほど、面白《おもしろ》い事になっているようだな。よく気付いた、グレバナス』

『ほほほ……予定通りの時間で加工が終わりませんでしたので、不審《ふしん》に思って現地の様子をカメラで確認しましたところ、彼の姿があったのでございます』

　孝太郎がその姿に気付いたのは、十数体目の生ける屍を倒したその時の事だった。孝太郎達が閉《と》じ込められている格納庫の中に設置されていた、情報共有用の大型モニター。今はそこに二人の人間の姿があった。孝太郎はそれに気付いた瞬間、ここが戦いの場である事を忘れていた。

「マクスファーン⁉」

　その姿は間違《まちが》いなくラルグウィンのものだった。だがそれが遠隔地《えんかくち》からの通信越《ご》しではあっても、孝太郎にはすぐに分かった。その瞳で燃《も》え滾《たぎ》る憎悪《ぞうお》と粘《ねば》り付くような欲望。それはラルグウィンにはないものだ。ビオルバラム・マクスファーン。彼は宰相《さいしょう》の身でありながら覇《は》を唱え、一度フォルトーゼを滅《ほろ》ぼしかけた、野望の男だった。

『懐《なつ》かしいな、青騎士《あおきし》。かれこれ二千年ぶりらしいではないか』

　マクスファーンはラルグウィンの顔で笑う。だがやはり孝太郎にはラルグウィンのようには感じられない。むしろ『ああ、やはり帰って来たのか』という印象を強めていた。

「……俺は懐かしくもなんともない」

『貴様の方は何年も経過していないそうだな。腹立たしい限りだ。我らの苦難の道を、貴様にも味わわせてやりたいものだ』

マクスファーンの顔が醜《みにく》く歪む。酷く邪悪《じゃあく》で、憎悪に満ちた表情だった。それが言葉通り苦難の蓄積《ちくせき》に由来するのか、それとも二千年後の世界で強引《ごういん》に復活させた事の影響なのかは孝太郎にも分からなかった。

「やはりもう一度、俺と皇家に戦いを挑《いど》むつもりなんだな?」

『そぉうともっ! そうだともっ!! この時を、この時をどれだけ夢見た事か!! 貴様に追放されて辿《たど》り着いた無人の大地で、もはや還《かえ》る方法のない異郷の荒野《こうや》で! 貴様の死体を踏《ふ》み躙《にじ》り、皇族共を這《は》いつくばらせる事だけを夢見て生にしがみつき、そして果たせずに死んだのだ!』

マクスファーンの瞳は夢に輝いている。だが前向きな夢ではない。それは酷く暗く、燃えるほど煮《に》えたぎり、絡みつく程《ほど》に執拗《しつよう》な夢だった。

『二千年もの時を経て、遂《つい》にその夢を果たす機会を得たのだぁっ!! なのに挑まずにいられると思うのかぁ、青騎士ィィッ!!』

孝太郎達に追放され、およそ一万年前の地球に辿り着いたマクスファーンと配下の錬金《れんきん》術師達。彼らの絶望は深かった。その頃《ころ》の地球はまだ氷河期の名残がある時期であり、冬の気候はとても厳しかった。だから華やかな宮廷《きゅうてい》暮らしだった彼らが、寒さをしのぐ為に粗末《そまつ》な洞穴《ほらあな》暮らしをしなければならなかった。またろくな食料もなく、野生生物や原住民の襲撃《しゅうげき》もあった。そこは彼らのようなある程度文明化された人間にとって、あまりにも過《か》酷《こく》な世界だった。それゆえ多くの仲間達が倒《たお》れていった。だがそれでも彼らは何とか生き延びた。文明の力と錬金術《れんきんじゅつ》――――最初期の霊子力《れいしりょく》技術のお陰《かげ》だった。それでも帰る道だけはどうやっても見付からなかった。その時点で多くの者達が協力してこの世界で生き抜こうと考えるようになっていたのだが、マクスファーンだけは違った。彼だけは帰《き》還《かん》への望みを捨てなかった。フォルトーゼに舞《ま》い戻り、青騎士《あおきし》と皇家に復讐《ふくしゅう》し、国を奪う。老いて病《や》み、自ら立ち上がる事が出来なくなっても、それだけを願い続けた。そしてそのまま死んだ。フォルトーゼと皇家、何より青騎士を呪《のろ》いながら死んだのだ。皇家と青騎士の打倒《だとう》は、死ぬその瞬間まで、抱え続けた夢だったのだ。

「………お前のその夢を、叶《かな》えさせる訳にはいかない」

感情を爆発させるマクスファーンに比べると、孝太郎の言葉は静かだった。

――――分かったわ、里見君。その人を倒せば良いのね………。

孝太郎に飛び掛《か》かろうとした生ける屍を叩き落としながら、真希はそんな事を思っていた。真希には分かっているのだ。孝太郎は本当に怒《おこ》っている時ほど静かになる。それに照らせば今ほど怒っている孝太郎も珍しかった。それ程危険で、放っておく訳にはいかない相手なのだろう――真希は孝太郎の様子から、それを確信していた。

『貴様に止められるかな、青騎士よ！　二千年前とは違って、我々と貴様らに力の差はないのだ！　フハハハハッ、お前が幾ら頑張《がんば》ろうと、フォルトーゼは戦火に沈《しず》む！』

「いや、お前は何も変わっていない。辿り着く結末もな」

『やってみるがいい、青騎士ィッ！　今度は私が貴様から全てを奪う！　貴様には何も守れないのだっ！』

マクスファーンはあらゆる手を尽くして孝太郎と皇家を打倒《だとう》しようとしている。これまでの敵は誰《だれ》もが、最後の一線を守っていた。あの凶暴《きょうぼう》なヴァンダリオンでさえ、ラルグウィンや家族は大切にしていたのだ。だがマクスファーンは違う。他の者達が躊躇《ためら》うような事も平気でやるだろう。この場所で行われた事を見れば明らかだった。マクスファーンは帰って来た。かつてと同じ、孝太郎と皇家の最大の敵として。

成り行きを見守っていたバークレインを戸惑わせたのは、マクスファーン――バークレインの認識《にんしき》ではラルグウィンだが――の雰囲気が宣戦布告の時とは全く違《ちが》っている事だった。まるで別人のように感情を昂《たかぶ》らせ、青騎士《あおきし》に憎悪を向けている。そして彼を更《さら》に戸惑わせたのが、マクスファーン本人の口から語られたこの戦いの真実だった。

「どうしてこんな事をした、マクスファーン!!」

『フフッ、我々も反政府勢力の扱《あつか》いには苦労しているのだよ。確かに兵力は欲《ほ》しい。喉《のど》から手が出るほどにな。しかし戦闘《せんとう》訓練には金と時間がかかるし、貴様らがやって来たように、奴《やつ》らの情報管理は甘《あま》い。合流する為に、奴らを重要度の高い拠点《きょてん》や施設《しせつ》へ連れて行けばどうなるか……分かるだろう？』

「だから怪物にしたっていうのかっ!?　時間と金を節約する為だけに!?」

『一石二鳥だろう？　訓練の手間が省け、情報漏洩《ろうえい》の心配もなくなる。いや、貴様らが釣《つ》れたから、一石三鳥というところか』

バークレインも薄々《うすうす》疑ってはいた。素早《すばや》く空調を止めたのは、事故にしては余りに手際《てぎわ》が良過ぎた。また敵の攻撃なら宇宙戦艦のロックは要《い》らないだろう。だからもしやとは思っていたが、それでも味方がそんな事をする筈《はず》がないと考えた。だがマクスファーンが自ら真相を口にした事で、味方だという信頼《しんらい》を打ち砕《くだ》かれた。フォルトーゼ解放軍は合流を餌にして、『タウラス・コボンの夜明け団』を生物兵器に変えるつもりだった――それはもはや疑いようのない現実だった。

「今すぐ、誰と戦うのかを決めろ、か……」

「分隊長?」

「いや、何でもない。必ず生きて帰るぞ、お前達!」

「そのつもりです!」

「俺達もこんなバカげた戦いで死ぬのは御免《ごめん》です!」

そしてもう一つ明らかな事があった。マクスファーンが真実を語ったという事は、彼がこの場にいる人間を皆殺《みなごろ》しにするつもりだという事をも示していた。致命的《ちめいてき》な秘密を明かしても、皆殺しにしてしまえば秘密は守られるからだ。バークレイン達はその事を強く認識し、より激しい戦いになる事を覚悟した。

バークレインの予想は正しかった。マクスファーンが秘密を口にした直後、グレバナスは新たな生物兵器を格納庫に突入《とつにゅう》させた。だがそれは新兵器と聞いて多くの者が思《おも》い描《えが》くものとは全く異なる姿をしていた。それは孝太郎には初め、完全武装をした近代的な兵士のように見えていた。

「何だ、あの兵士達は………？」

　孝太郎は兵士達の登場に困惑《こんわく》した。『廃棄物《はいきぶつ》』の後に一般《いっぱん》兵士を送《おく》り込む意味が分からない。生ける屍には敵味方の区別がない。この兵士達も襲《おそ》われてしまうだろう。それでは送り込む意味がなかった。

『優《すぐ》れたモノというのは、得てして地味なモノなのですよ、青騎士《あおきし》君。君達が作った、確かPAFといったか、あの力場の人工四肢《しし》のようにねぇ』

　グレバナスは孝太郎の反応に満足したのか、楽しそうに笑っていた。そんな彼の言葉に誘《さそ》われて、孝太郎は改めて問題の兵士達に目を凝《こ》らした。

「馬鹿な、これは生ける屍か⁉　武装させたのか⁉」

　孝太郎の目には、問題の兵士達の身体の中で蠢《うごめ》く、負の霊力が見えていた。彼らも生ける屍だったのだ。だがそれがなおの事分からない。本能で行動する生ける屍を武装させたところで、何の意味もない筈だ。銃《じゅう》を持たせても、それを棒の代わりにして殴《なぐ》るのが関の山だった。

「違うわ里見君！」

　その疑問に答えたのは真希だった。優れた魔《ま》法使《ほうつか》いである彼女の目には、孝太郎とはまた別の物が見えていたのだ。

「生ける屍を魔法で操《あやつ》っているのよ！　心術系の魔法で、兵士の動作モデルを焼き付けているんだわ！」

真希の目には彼女が得意とする心術系、藍色《あいいろ》の魔力《まりょく》が見えていた。また一部死霊系《しりょう》、紫色《むらさきいろ》の魔力も見えている。本能で動くという事は僅かながら自我《じが》があるという事。だから魔法で作られたゾンビとは違い、生ける屍には心術の魔法が効く。だからスケルトンやゾンビを作る時のように死霊術で兵士としての行動パターンを用意し、心術で兵士としての行動を割《わ》り込ませているのだ。この時点では詳細《しょうさい》な分析《ぶんせき》が出来た訳ではないが、魔力の働き方から見てほぼ間違いなかった。

『御名答《ごめいとう》ですよ、お嬢《じょう》さん。君はなかなか筋が良い』

兵士の状態を一目で見破った優秀《ゆうしゅう》な魔法使いを前にして、グレバナスはとても楽しそうだった。だがそれだけに判断も早い。すぐさま攻撃《こうげき》に移った。

『そら、お前達《たち》！　青騎士君を歓迎《かんげい》してあげなさい！』

死霊の兵士達は素早く散開、射撃《しゃげき》姿勢を取った。それを見て孝太郎は目を剥いた。

「速い⁉　何だあの動きは⁉」

孝太郎を驚かせたのは散開時の速度だった。死霊の兵士達は完全武装にもかかわらず、走る速度が生ける屍と殆《ほとん》ど変わらない。ライフルの安定した射撃姿勢を取るまでにかかった時間もほんの僅かだった。

ドドドドドドドドドンッ

そして迷う事なく一斉に射撃する。射撃のタイミングも綺麗《きれい》に揃《そろ》っていて、孝太郎はその集中砲火《ほうか》に晒《さら》される事となった。

「くそっ、銃弾《じゅうだん》も特別製か！」

孝太郎は潜入《せんにゅう》の時に邪魔《じゃま》なのでいつもの鎧を着ていなかったが、軍用のＰＡＦは持ち込んでいる。だがその防壁《ぼうへき》は一斉射撃であっという間に崩壊《ほうかい》した。狙《ねら》いは異常に正確で、孝太郎の動きを追尾《ついび》。銃弾も普通のものではなく、霊力と魔法が込められた特別製だ。だから軍用グレードのＰＡＦでも孝太郎が回避する時間を稼《かせ》ぐだけで精一杯《せいいっぱい》。ほんの少しでも孝太郎の反応が遅《おそ》かったら、この時点でやられていただろう。

『その兵士達はなかなか良く出来ているだろう？』

グレバナスは何時《いつ》になく饒舌《じょうぜつ》だった。まるでおもちゃを自慢《じまん》する子供のようだった。

『そのレベルの反応速度で戦う兵士はなかなかいない。それに幾らか自我が残っているから、ある程度柔軟《じゅうなん》に戦況《せんきょう》に対応する』

それでも確かにグレバナスが自慢するだけの事はあった。生ける屍を魔法で操り、兵士のように行動させる。言葉にするとシンプルだが、実際にやっている事は極《きわ》めて高度だ。反応速度やスピードといった生ける屍の良いところと、従順である事や集団の連携といった魔法で作ったゾンビの良いところを上手《うま》く融合《ゆうごう》させる事に成功していた。

『しかも装備類は完全に人間と互換性《ごかんせい》があり、兵站《へいたん》にも歪みが出ない。まあ、その戦闘力《せんとうりょく》までは感染《かんせん》してくれないのが玉《たま》に瑕《きず》ではあるがね』

そして武器や防具も使えるようになり、しかも特殊《とくしゅ》なものは必要ない。そこらの兵士と同じ装備を与《あた》えれば強力な兵士と化すだろう。装備に互換性があれば補給線が乱れる事もないので、長期で戦線に投入する場合も使い勝手が良い。唯一《ゆいいつ》弱点があるとすれば、死霊の兵士達が人間に触《ふ》れても、生まれてくるのはただの生ける屍であるという点だ。魔法で追加した能力までは感染してくれないのだ。もっとも装備も増殖《ぞうしょく》する訳ではないので、追加された能力まで感染したとしてもそれほど大きな差にはならないのだろうが。

ドドドドドドドドドンッ

再び死霊の兵士達が一斉射する。今度の狙いは孝太郎ではない。孝太郎を狙う不利を悟った死霊の兵士達は、その背後にいる『タウラス・コボンの夜明け団』を狙った。先に彼らを排除すれば生ける屍の増殖の方が早いと踏んだのだ。

「うわあっ⁉」

「ダンバーク！　大丈夫《だいじょうぶ》かっ！」

「奴《やつ》らこの距離でしっかり当てて――――ガハッ‼」

死霊の兵士達はきちんと遮蔽《しゃへい》物を利用し、しかも狙いは異常なまでに正確だ。練度の低い『タウラス・コボンの夜明け団』は一方的にやられ始めた。

「くそっ、このままじゃ俺達《おれたち》はともかく、兵士達が全滅《ぜんめつ》するぞ！」

孝太郎達は死霊の兵士達と十分以上に渡り合えるが、『タウラス・コボンの夜明け団』の兵士達はそうではない。戦闘能力の次元が違う。全ての面で相手が上回っていて、逆転の手段がないのだ。これは孝太郎達にとって非常に厳しい状況《じょうきょう》だった。

『どうだ青騎士《あおきし》、今の気持ちは？　我々は貴様らと戦う時、いつもそのような気分だったのだ。絶望的だろう？　フハハハハハハッ、ワーッハッハッハッハァッ‼』

孝太郎達の様子にマクスファーンが満足そうに嗤《わら》う。蘇《よみがえ》ったグレバナスと孝太郎達が戦った時がそうだし、遡《さかのぼ》れば二千年前の最終決戦や、デクストロゥが鋼鉄の巨人《きょじん》でアライアを捕《と》らえた時もそうだった。必勝を期して確実に勝てる戦力を投入した筈なのに、何一つ孝太郎達には及《およ》ばなかった。だが今は違う。必勝を期せば勝てる。かつてあった大きな差は、二千年の時を経て遂になくなった。マクスファーンはその事に興奮し、笑いが止まらなかった。

「里見君っ、彼《かれ》らのフォローに回りましょう！」

「私が前に出て、向こうの兵士を潰《つぶ》してくるわ！」

「分かった、二人とも無理を——」

『おおっと、そう来ると思っていましたよ。だから君達にもちゃんと相手を用意しておきました。まあ、兵器としては酷い失敗作なんですがねぇ……』

孝太郎達が取った行動もかつてのマクスファーン達と同じだった。全体が崩《くず》れないように援護に向かう。当たり前ではあるが、それゆえにグレバナスも予想していた。

ウィイイインン
格納庫の床面《ゆかめん》にある大型のハッチが開き、高さ十メートルほどの金属製の壁《かべ》が出現する。そこには大型の金具で金属製の竜《りゅう》が固定されていた。

「何だこれは……あの時の機械の竜か？」

「それにしてはサイズが小さい……どちらかというと対人兵器の類かしら……？」

機械の竜はかつてヴァンダリオンが操っていたものに似ていたが、あれほど大きくはなかった。搭載されている武器も対機動兵器というよりも、対人に見える。自然とヘリコプターや戦闘車両の役割が想像された。

「魔力の気配もある……。何か、嫌《いや》な予感がするわ、里見君……」

真希は竜から異様な雰囲気を感じ取っていた。魔力はもちろんなのだが、竜の固定のされ方が異様だった。兵器のメンテナンスの為《ため》に固定されているというよりは、まるで凶悪《きょうあく》な囚人《しゅうじん》か何かのように、大型の金具でしっかりと拘束《こうそく》されていたのだ。

『やはり目の付け所が良いな、娘よ』

真希の反応を見て、グレバナスは再び楽しそうに笑った。

『どれだけ強くとも、制御出来ない兵器には興味がありません。制御出来なければ全くの無意味。我々はフォルトーゼを獲《と》らんとしているのですからねぇ。だが制御可能な兵器を作る過程で、出来上がってしまうものもある。兵器としては失敗作だが、特定の用途《ようと》にならば使えそうな代物《しろもの》がねぇ』

ガコォンッ

拘束具が外れる。同時に竜のジェネレーターに火が入り、身体全体にエネルギーが行き渡り始める。やがてその瞳《ひとみ》が赤く輝き、大きく口を開けて咆哮《ほうこう》した。

『例の「廃棄物」に接触した生物の神経系で目標の捕捉《ほそく》をさせようとしたのですが、これが大失敗だった。やはり敵味方の区別が付かないんですよ、そいつには。しかし――生ける屍の判別は付く。そこで今回御登場《ごとうじよう》となった訳です』

この第三の機械の竜は、死霊の兵士達を作る過程で生まれた。『廃棄物』を兵器として利用できるようにする為の、テストモデルの一つなのだ。この機体には魔法による強化も施《ほどこ》されているが、制御系《せいぎょけい》には使われていない。あくまで機械を『廃棄物』で強化する案なのだ。具体的には『廃棄物』を感染させた人間の脳神経を火器管制に直接接続し、その高度な認識能力と反射神経を利用しようとした。より早い捕捉、より速い行動を目指して作られた機体だったのだが、最終的に不採用となった。ベースとなった機体が真竜《しんりゅう》シリーズのテスト機であった事もあって性能では期待以上の結果を叩《たた》き出した。しかし生ける屍の脳神経である事が災《わざわ》いし、敵と味方の区別が付かなかった。兵器に求められるのはコントロール出来る破壊《はかい》だ。全てを破壊してしまっては戦闘の意味がない。それなら爆弾《ばくだん》で良いじゃないかという話になってしまうからだ。念入りに拘束されていた理由も制御不能だからだ。本来はその脳神経が腐《くさ》り落ちるその時まで、起動させずに封印《ふういん》され続ける筈の機体だった。

『そいつの失敗の原因は霊力の高い者を優先的に攻撃してしまう事。ターゲットの所属には頓着《とんちゃく》しない。だが今この瞬間にはターゲットは一人に絞《しぼ》られる』

今この瞬間だけはグレバナスにも竜が何を狙うかが分かっていた。そしてそれこそがグレバナスの望みでもある。だからこそ封印を解いたのだ。

『ゴアアァアァァァァァァッ！』

巨大《きょだい》な竜の瞳が孝太郎を捉《とら》え、再び咆哮する。巨大な竜は解放された事と獲物《えもの》を見付けた事、二つの喜びに打ち震《ふる》えていた。

「……俺《おれ》か」

『その通り！　君はこの場で誰よりも高い霊能力を持つ！　つまり今に限れば、そいつは兵器として成立するのですよ、青騎士《あおきし》君！』

もし戦場に霊能力が高い者が居て、どうしてもその人物を排除したいのであれば。その非常に厳しい条件を満たしている時に限れば、この機械の竜は兵器として成立する。そしてその人物を排除した後は、自爆《じばく》でも何でもさせれば良い。接続された脳神経にごく小さな爆弾を付けるだけで良いのだから。つまり機械の竜の使い道は霊能力者殺しのみ。だが機体のコストが高過ぎて、余程《よほど》の相手以外には使えない。そう、相手が青騎士である、この瞬間以外には。

『さあ、好きなだけ暴れなさい、真竜零式《しんりゅうれいしき》ッ！　お前の最後の戦いを見届けて差し上げましょう！』

『ゴアアアアアァァァァァァアアアアッ!!』

全ての軛《くびき》から解き放たれ、巨大な機械の竜――――真竜零式は孝太郎に襲いかかった。その速度は凄《すさ》まじい。並みの人間が乗っていたら、加速度だけで失神しそうな程の勢いだった。

孝太郎が零式《れいしき》から攻撃を受けた頃。『タウラス・コボンの夜明け団』は危機的状況に陥《おちい》りつつあった。指揮を執《と》るバークレインはその状況を逃れようと必死だった。

「後退して遮蔽物《しゃへいぶつ》を使え！　このままだと狙《ねら》い撃《う》ちだ！」

「ですが距離を取ればこちらの命中率も――」

「言ってる場合か！　全滅しては命中率どころではないんだっ！」

「了解《りょうかい》っ！　聞いたな、みんな後退しろ！　距離を取れぇっ！」

死霊の兵士達の猛攻《もうこう》を受け、バークレインは後退を決断した。生ける屍の殲滅の為に前進していた訳だが、遮蔽物がない場所ではただただ死霊の兵士達の射撃の的になる。後退して遮蔽物を確保し、身を守る必要があった。兵士達は即座《そくざ》に指示に従い、負傷した仲間を連れて後退していった。

「青騎士の方はどうだ⁉」

「竜型の機動兵器に襲われて、身動きが取れないようです！」

「………援軍《えんぐん》は期待出来そうにないな」

バークレイン自身も後退しながら、ちらりと孝太郎の方に目をやった。孝太郎は騎士剣《きしけん》一本だけで機械の竜と戦っていた。だが旗色は悪い。押されているのは誰の目にも明らかだった。

「というより、まだ死んでいないのが信じ難《がた》いのだが………」

「何か？」

「いや、何でもない。それより、手が空いている者にランチャーを探させろ！　狙わなきゃ当たらない武器では奴らは倒せん！」

「分かりました、すぐに探させます！」

これまでバークレイン達は爆発物《ばくはつぶつ》を使わずに来た。生ける屍が味方を襲っている状況だったので、味方を巻き込んでしまう可能性が高かったのだ。だがこの状況では多少の危険は覚悟しなければならない。青騎士《あおきし》が動けなくなった以上、バークレイン達が全滅すれば生ける屍に襲われている味方も全滅する。そうなる前に死霊の兵士達を倒さねばならない。爆発物を使っても倒せるかどうかは分からないのだが、バークレインは使用する覚悟を固めた。

戦闘の開始直後から、孝太郎は防戦一方となっていた。敵の攻撃が速過ぎるのだ。しかもかつて苦戦した壱式改《いちしきかい》とは少し違う。壱式改は情報を解析《かいせき》して先を読んでいたのだが、零式の場合は孝太郎の霊力を読んで先手を打っている。おかげで壱式改より更に速い。孝太郎でさえ攻撃を防ぐので精一杯だった。

『ガオオオォォォォンンン!』

シュイイイイイイイ

零式の口から大口径のレーザーが放たれる。光で攻撃するレーザーは、見ている場所に発射と同時に命中する。ターゲットの捕捉と反応速度に優れた零式にはうってつけの兵器だった。

「くっ、頼む、シグナルティン!」

孝太郎は回避が間に合わず、シグナルティンに溜《た》め込んだ魔力を解放させた。シグナルティンは孝太郎の求めに応じて防御《ぼうぎょ》の魔法《まほう》と煙幕《えんまく》の魔法を立て続けに発動させる。防御の魔法で身を守りつつ、煙幕でレーザーを大きく減衰《げんすい》させる。これによりPAFによる防御は何とか崩壊せずに耐《た》え切った。

『インフォメーションメッセージ。ＰＡＦのバッテリー残量は六十二パーセント』

孝太郎の足元を走るウサギがＰＡＦの状態を報告してくれる。今の孝太郎にはバッテリーの残量を確認する余裕《よゆう》がないので、この報告はありがたかった。

「そう何度も防げる攻撃じゃないぞ、こいつは！」

一撃《いちげき》を防いだだけで三十八パーセントのエネルギーが吹っ飛んだ。しかもあれだけ防御に魔力を割《さ》いた上での話だ。やはり十メートルの巨体《きょたい》を相手に、鎧《よろい》なしでは完全な防御は難しかった。

「なんて化け物を作ったんだ、グレバナスは！」

『心外ですな。君ほどの化け物はなかなかおりますまい？　私共はただ化け物への対策をしているだけなのですよ、必死にね』

グレバナスにしてみれば、禁じ手を先に使ったのは孝太郎の方だった。本来二千年前には存在しない科学や霊子力技術で武装していた孝太郎。それに対抗《たいこう》する為に力を求めるのは当たり前だった。

「勝手な事を！」

「里見君っ!!」

「おおっと！」

孝太郎を狙う者は零式だけでなく、他にも存在していた。相変わらず生ける屍は突撃《とつげき》して来ていたし、孝太郎の隙《すき》を狙って死霊の兵士達が狙撃《そげき》して来る。この時は生ける屍の一団で、孝太郎はその対応の為に剣《けん》を振《ふ》るわねばならなかった。

ザンッ

孝太郎の剣は生ける屍を吹き飛ばした。問題はここからだった。

『ゴオアアアァァァアアァァァァッ!!』

孝太郎の意識が生ける屍の対処に向いた瞬間、零式はその場で回転して尻尾《しっぽ》を大きく振り回した。

ゴシャアアッ

「ぐぅぅっ!」

「里見さんっ!」

『アラートメッセージ、ＰＡＦの防御機能停止、バッテリー残量はほぼゼロ』

「う、ぐっ、くそっ……」

孝太郎は尻尾の一撃をまともに食《く》らい、息が詰まった。幸運な事にＰＡＦが残ったエネルギーのほぼ全てを使って守ってくれたおかげで、孝太郎は即死《そくし》を免《まぬが》れた。だがもう次はない。孝太郎の意思に従ってその身体を強引に引き起こした後、ＰＡＦは静かにその動作を終了《しゅうりょう》した。

――――こいつはまずい……まさかここまでの隠《かく》し球《だま》があったとは……。

孝太郎は剣を構え直しながら胸の内で舌打ちする。幾《いく》ら孝太郎達でも、流石にここが実は生物兵器の工場で、試験機が隠されているとは思ってもみなかった。マクスファーン達の邪悪さを見誤ったのだ。だがこれは孝太郎達のミスではない。現代の戦争において、ここまで邪悪な所業が行われているなど、誰が想像出来ただろう？　地球においてもフォルトーゼにおいても、交戦規定を大きく逸脱《いつだつ》していた。

『ハハハハッ、遂に年貢《ねんぐ》の納め時だな、青騎士《あおきし》よ！　まさかこんなに早く決着が付くとは思わなかったぞ！』

マクスファーンは上機嫌《じょうきげん》だった。彼は孝太郎や皇家との戦いは長期戦になるだろうと考えていた。それに長期戦で国民を痛めつけるのも目的の一つだった。にもかかわらず、罠《わな》を張っていた訳でもないのに、孝太郎達が勝手に危険な場所へ飛び込《こ》んで来てくれた。マクスファーンとしては笑いが止まらない状況だった。更に言えば、この状況を幾らか残念に思う気持ちさえあったのだ。

『だがここで死んでくれるなら、これ程有《ほどあ》り難《がた》い事もない。貴様は地獄《じごく》でのんびり、私の覇道《はどう》を眺《なが》めるのだな！』

マクスファーンは勝利を確信していた。互角《ごかく》の技術力、孝太郎達の戦略上のミス。二つの要素が重なり、勝利はほぼ確実と思われた。その事は孝太郎も認めざるを得なかった。ただしそれは、このまま何も起こらなければ、という条件付きだった。

『待たせた、コータロー！』

「来たか！」

そしてここでようやく孝太郎が待っていた事が起こった。通信機からティアの声が飛び出してきたのだ。この拠点は現在、様々な種類の通信妨害《ぼうがい》が行われている。『タウラス・コボンの夜明け団』の者達に通信をされては困るからだ。おかげで電波と重力波は最初から妨害されていたし、戦闘が始まってからは魔力や霊子力も妨害されている。だから孝太郎がシグナルティンを使っても晴海《はるみ》とは連絡《れんらく》が取れなかった。にもかかわらずティアの声が聞こえるという事は、妨害越《ぼうがいご》しに通信が可能な程、近くへやって来ているという事になるのだった。

『馬鹿な、一体どうやって⁉』

グレバナスの表情が大きく歪《ゆが》む。グレバナスには信じられなかった。孝太郎達の危機を外の人間が知る方法などない筈なのだ。

『単純な話ですわ。その場所から脱出《だっしゅつ》したモノがある。それだけの事でしてよ』

造作もない事だと言わんばかりにクランが肩《かた》を竦《すく》める。ルースのウサギが放出した子ウサギが、外に出る事に成功していたのだ。そして直接の通信が出来ないまでも、シグナルティンの魔力が使われている事は晴海にも分かっている。剣の契約《けいやく》は次元を超《こ》えた繋《つな》がりなのだ。その二つの情報を合わせた結果、少女達は孝太郎達が危機的状況に居ると判断したのだった。

『また君ですか、青騎士《あおきし》の召使《めしつか》い！』

グレバナスは苦虫を噛《か》み潰したような表情を浮《う》かべる。二千年前の世界でも、この世界でも、クランは繰《く》り返しグレバナスの邪魔をしてきた。彼らを虚空《こくう》に追放した例の爆弾の制作者も彼女《かのじょ》だ。グレバナスにとって、クランは孝太郎と同じくらい憎《にく》い相手だった。

『お黙《だま》りなさい、薄汚《うすぎたな》い殺戮《さつりく》者め!!　わたくしが何者であるかは、お前も既に知っていようっ!?』

『……………クラリオーサ・ダオラ・フォルトーゼ………ただではおきませんっ、皇族であるなら尚更《なおさら》なぁっ！』

ドコォンッ

グレバナスが普段《ふだん》の温和さを捨てて感情を剥《む》き出しにした、その時だった。格納庫の天井を突《つ》き破《やぶ》って突入してきたものがあった。

『なんだっ⁉』

『わたくしも作りましてよ、新しい兵器を』

突入してきたのは身長五メートルの人型の機動兵器、ウォーロードⅢ改《かい》だった。孝太郎用の特別仕様で、その装甲《そうこう》は目の醒《さ》める様な鮮《あざ》やかな青。そしてそのバックパックには藍色のラインが入っていた。

『ウォーロードⅢ改ネイビィライン……その機体なら、きっとまたお前達を追放してくれますわ！』

『おのれ小娘《こむすめ》がぁ、減らず口をぉおっ！』

クランの手で大幅《おおはば》な改修が行われていてほぼ原形を留《とど》めていないウォーロードⅢ改ではあるが、厳密にはエゥレクシスの作った兵器であり、彼女の作品ではなかった。だがクランは彼女の言葉に猛《たけ》り狂《くる》うグレバナスとマクスファーンに、その事を教えてやるつもりはなかった。

早苗が指定した位置にウォーロードⅢ改を撃ち込んだ後、ルースが発射したのは本来は

歩兵に随行《ずいこう》する為に使われる比較的《ひかくてき》小型の無人機だった。その無人機の役目は空間歪曲《わいきょく》場を展開して、ウォーロードⅢ改が開けた穴を塞《ふさ》ぐ事だった。

『おーっほっほっほっほっ、御自慢《ごじまん》の竜が何時《いっ》までもつか見物ですわね！』

『グレバナス、さっさと破壊してあの口を黙らせろ！』

『おおせのままに！』

「ティア殿下《でんか》、無事に穴は塞ぎました！　あそこから『廃棄物』が出てくる心配はございません」

幸いクランがマクスファーン達の気を引いてくれていたので、ルースのこの工作には気付かれなかった。これにはマクスファーンとグレバナスが遠隔地に居て、状況を把握《はあく》し辛《づら》い事も影響《えいきょう》していた。そうした事をティアに報告しながら、ルースは軽くクランの方に手を振る。クランの方も無言で手を振《ふ》り返した。

「ようやった、二人共！　ルース、火器管制をわらわに回せ！　こっちにもお客さんが来おった！　下はコータロー達に任せて、わらわ達で何とかするぞ！」

「仰《おお》せのままに、マイプリンセス！」

マクスファーン達が生物兵器の開発と製造に使っている拠点は、技術開発用ではあっても元は軍事基地。敵を迎《むか》え撃つ為の準備はあった。だが格納庫で生ける屍《しかばね》を増殖させるという手段を使っていた為、ここまでは対空砲《たいくうほう》くらいしか動いていなかった。しかし拠点の上空に『朧月《ろうげつ》』が出現したとなれば、別の場所にある拠点から戦闘機《せんとうき》や宇宙戦艦《せんかん》が出撃《しゅつげき》して来る。ティア達はその対処をせねばならなかった。

――コータロー、悩《なや》みは尽《つ》きぬが……進み続けよ、わらわと共に！

早苗のお陰で、ティアにも孝太郎達《たち》が何と戦っているのかは分かっている。そこでどれだけ酷《ひど》い事が行われているのかという事も。そして何より、それらが孝太郎を悩ませるであろう事も分かっていた。だがそれでも戦わねばならない。この時のティアの想《おも》いは孝太郎に向けられたものだったが、同時に自らを奮い立たせる為のエールでもあった。

正直に言うと、ウォーロードⅢ改が天井《てんじょう》を突き破って突入してきた瞬間《しゅんかん》、孝太郎は唖然《あぜん》とした。孝太郎達は『廃棄物』が外に出ないように頑張っていたので、その発想はなかったのだ。しかしそのあとすぐに歪曲場で穴が塞がれたので、孝太郎は安堵《あんど》していた。

「孝太郎、真希、交代交代！」

「里見君急いで！　おっきいから狙われちゃうわよ！」

だが一番安堵したのは、降着姿勢のウォーロードⅢ改から早苗と静香が姿を見せた時の事だった。折角《せっかく》二人乗れるので、キリハがオマケで送り込んだのだ。だが孝太郎が安堵したのは戦力的な意味ではない。ただ二人の元気な姿が嬉《うれ》しかったのだ。

「………とはいえ、向こうも簡単に通してくれる気はないようだな」

ウォーロードⅢ改は早苗の霊視《れいし》を参考に打ち込まれた訳だが、孝太郎達の状況がよく分からなかったので多少距離《きょり》を取った。そのせいで生ける屍や死霊の兵士達が間に入ってしまっている。乗り込むにはそこを突破《とっぱ》しなければならなかった。

「余力がある者は前へ！　青騎士《あおきし》の前進を援護《えんご》するぞ！」

だがここで思わぬ援軍があった。バークレイン率いる『タウラス・コボンの夜明け団』の兵士達が孝太郎の前方の敵を排除《はいじょ》し始めたのだ。先程《さきほど》後退して余力を残していなければ、この援護は出来なかっただろう。だがもちろんその代償《だいしょう》はあった。敵の攻撃が『タウラス・コボンの夜明け団』の方にも向くようになり、再び兵力を失い始めていた。

「すまん、助かったバークレイン！」

「お前の為ではない!!」

少し前まで敵だった孝太郎を援護する事はあまり嬉しい事ではない。この援護の為に仲間達が倒《たお》れていくのも悔《くや》しかった。だがバークレインはより多くの命を救う為に、この援護が必要だと考えたのだ。

「それでいい！　国を守るとはそういう事だ！」

孝太郎はそう言って頷《うなず》くと、ウォーロードⅢ改に向かって走った。幸いバークレイン達の援護のお陰《かげ》で、敵の妨害は大きく減じている。程《ほど》なく孝太郎はウォーロードⅢ改のもとへ辿《たど》り着いた。

「………国を守る、か。反政府勢力の俺達に向かって、それを言うとはな………」

少し前までは腹立たしい思いもあったバークレインだが、今は不思議と、そういう気持ちが薄《うす》らいでいた。

孝太郎がコックピットの席に乗り込むと、その孝太郎を飛び越《こ》えるようにして真希が自分の席に飛び込む。ネイビィラインの座席の配置は特殊で、席に着いた真希は孝太郎と背中合わせになる。これは呪文《じゅもん》の詠唱《えいしょう》で掌印《しょういん》を組んだり、多少身体を動かしたりする必要があるので、スペースを確保する為の工夫《くふう》だった。

「良いですよ、里見君！」

「よし……みんな、機体を起こすぞ！」

孝太郎はハッチを閉めると、ウォーロードの操縦桿《そうじゅうかん》を握《にぎ》った。射出された時から既《すで》に起動状態だったので、ウォーロードは素直《すなお》に応じ、その場に立ち上がった。

『よぉしいけー、孝太郎っ！　メカドラゴンをやっつけろぉっ！』

『早く助けに来て、里見君っ！　相変わらず滅茶苦茶《めちゃくちゃ》よ、この竜っ！』

ここまで零式の相手は早苗と静香がしてくれていた。この二人以外では太刀《たち》打《う》ちできなかったのだ。それでも旗色は悪い。やはり零式は動きが速過ぎるのだった。

「藍華さん」

孝太郎は多くの事を省き、その名前だけを呼んだ。

「はい。里見君は戦いに集中を。こちらで合わせます」

しかし真希にはそれだけで十分に伝わった。そしてやるべき事も分かっていた。

「頼《たの》んだ！　では行こうかぁっ！」

そんな真希の様子を確認《かくにん》すると、孝太郎は勢いよくウォーロードを前進させた。その手には巨大な剣が握られている。剣の中にはシグナルティンが収められており、この状態でもその力を振るう事が出来る。そして孝太郎はその力を解放、剣は強力な電撃《でんげき》を帯びて輝《かがや》き始めた。

「イーグルアイ、ライトニンググリフレックス、レイブンウィズダム」

　真希も次々と呪文を唱え、魔法を発動させていく。この時の魔法は全て孝太郎にかけられていた。同乗している真希は魔法の使用に集中するので強化は必要ないのだ。孝太郎にかけられたのは、目の良さや反応速度、脳そのものの思考速度の強化など、心術系を得意とする真希ならではの魔法の数々だ。この多岐《たき》にわたる強化と、電撃によって攻撃範囲《こうげきはんい》を限界まで広げたシグナルティンで、零式を倒そうというのが孝太郎達の作戦だった。

「ゴアアァァアァァァァッ!!」

「おおっとっ！」

　零式の口が僅《わず》かに動いた瞬間には、孝太郎は回避《かいひ》運動に入っていた。おかげで口が開いた時点で既に射線上にウォーロードの姿はない。発射されたレーザーは虚《むな》しく空を切った。

「グゥルアアァァアアァァァ!!」

「そう何度も同じ手は喰《く》わん！」

　孝太郎は直後に襲って来た尻尾の一撃も掻《か》い潜《くぐ》った。強化された孝太郎の目は、回転の為に重心が僅かに移動した瞬間を見逃《みのが》さなかったのだ。

「間合いに入った!?　やっちゃえっ、里見くぅんっ!!」

　思わず静香が声を上げる。零式は十メートル、ウォーロードは五メートルと、そのサイズには大きな違《ちが》いがある。それはそのまま間合いの広さの差でもある。孝太郎は攻撃を二度かわす事で、その距離を詰《つ》める事に成功していた。

「そこだ孝太郎っ、ぶっとばせぇぇぇぇっ！」

「これでぇっ、どうだぁぁぁぁぁっ！」

ウォーロードはまだ回転が終わっていない零式に向かってその剣を振るった。電撃を纏《まと》った長大な剣が零式に迫《せま》る。

ザンッ

その切っ先が巨大な翼《つばさ》を模した武装キャリアーにめり込み、そのまま両断する。

ボムッ

本体から切り離《はな》された武装キャリアーは、剣に溜め込まれた電撃の直撃《ちょくげき》を受けて爆発《ばくはつ》四散した。

「いける！　戦えるぞ！」

ガキィンッ

孝太郎は回転の勢いを利用して繰り出された零式の爪《つめ》を受け止めながら、口元に僅かに笑《え》みを浮かべる。だが真希はそんな孝太郎に警告を発した。

「でも急いで里見君！　そんなに時間の余裕はないようだわ！」

『アラートメッセージ。パイロットの入力速度が本機の応答速度を大幅に超過《ちょうか》。機体への負荷《ふか》増大、機体構造への深刻なダメージを検知』

だが強化された孝太郎程《ほど》には、ウォーロードは速く動く事が出来なかった。ウォーロードは零式と互角以上に渡《わた》り合いながらも、速過ぎる自身の行動速度に耐え兼《か》ね、機体の構造にダメージを負い始めていた。またウォーロードの人工知能が、この速度での操縦や戦《せん》闘《とう》を学習しきれておらず、対応が後手に回っているという問題もあった。しかしたとえ負荷が増大しようとも、下手に速度を落とせば一気に押《お》し負ける。不利を承知でやらねばならない状況だった。

「………見えてる、クランさん？」

ウォーロードの背後を守っていたナナは、ここで思わず溜《た》め息《いき》をついた。

『ええ、酷いものですわね、ナナ……』

ウォーロードには既に、目で見て分かるダメージがあった。機体の各部から煙《けむり》が上がっており、関節部がかなりの高熱を持っている事が分かる。冷却《れいきゃく》が間に合っておらず、可動部分が焼けてしまっているのだ。ウォーロードも流石《さすが》に、人間の限界を超える速度で操縦されるようには作られていなかった。

「これは根本的に改良が必要ですね」

『まさか……二人の操縦に機体が付いていけなくなるなんて……』

ここが独自設計と他人の設計の差だろう。ウォーロードⅢ改は元々エゥレクシスが設計したものだ。汎用《はんよう》兵器を個人用にカスタムした、よくある設計になっている。対して先日大破した宇宙戦艦の『青騎士《あおきし》』は最初から孝太郎が使う前提の設計になっているので、孝太郎の無茶《むちゃ》な操縦にも耐えた。こればかりは仕方のない問題ではあるが、孝太郎の相棒を自認《じにん》するクランとしては、敗北を認めざるを得なかった。

「嘆《なげ》いている場合かっ！　今すぐ何とかしろ、クランッ！」

この時孝太郎は剣を振るうように操縦したのだが、腕《うで》の動きが一瞬遅《いっしゅんおく》れ、切っ先は零式を捉え損《そこ》なった。駆動《くどう》部《ぶ》の発熱が制御系にも伝播《でんぱ》し、コンピューターの処理が遅《おく》れ始めているのだ。このままではいつ止まってしまってもおかしくはなかった。

『ハハハハハッ、その場しのぎの対応では、この零式には勝てませんよ！』

「グレバナス！」

『その巨人が出て来た時には驚《おどろ》きましたが、結局は人間用の兵器！　対してこの零式は最初から人間などという脆弱《ぜいじゃく》な生き物が使うようには出来ていないっ！　君の負けだよ、青騎士君っ！』

ウォーロードの猛攻に一時は危機感を覚えたグレバナスだが、この時点では再び勝利を確信していた。零式は元々試験用の無人機であり、そこに生ける屍の脳神経を接続している。両方の意味において、人間の限界を超えた設計になっているのだ。強引《ごういん》に能力を引き上げたウォーロードに負ける筈《はず》はないのだった。

『……増大した攻撃力《こうげきりょく》を上回る勢いで自分もダメージを受けているようでは、兵器としては使い物にならん。終わりだな、青騎士』

マクスファーンもそうだった。武装キャリアが一部切り取られたものの、零式の機体構造には殆《ほとん》どダメージがない。それに対してウォーロードは全身から黒煙《こくえん》を上げている。その差は誰《だれ》の目にも明らかだった。

『……仕方がありませんわっ、ここは無茶を承知で……勝負ぅっ!!』

ガッ
だがクランの意見は違う。彼女はまるで叩き付けるかのような勢いで、コンピューターに実行命令を下した。するとそこで思いがけない事が起こった。孝太郎達の頭上で穴を塞いでいた機動兵器が突然《とつぜん》動作を止め、重力に引かれて自由落下を始めたのだ。

『またあの娘《むすめ》か⁉　なんのつもりですかっ⁉』

『時間は十秒もありませんわよっ、ベルトリオン！　これで決めなさいっ!!』

孝太郎もクランが何をするつもりなのかは分からなかったが、ウォーロードに再度剣《けん》を構えさせた。

「十秒で十分だ！　やれっ、クラン！」

クランがああ言ったからには何かが起こり、必ずチャンスが訪《おとず》れる。孝太郎はそれを確信していた。

『何もさせるなっ、撃墜《げきつい》しろっ、零式ィィィッ!!』

だがもちろんグレバナスが黙って見ている筈はない。落下して来る機動兵器に向かって零式は攻撃《こうげき》を始める。すぐさまレーザーが発射され、機体の中央に大きな穴が開いた。

『そうしてこうですわぁっ！』

その状態に至っても、クランは不敵な笑みを浮かべていた。敵の行動は想定通り。後は時間との勝負だった。

ドンッ
機動兵器が爆発したのではない。この小さな爆発は、クランの命令を機動兵器が忠実に実行した結果だ。機動兵器は孝太郎のすぐ傍《そば》で、機体の外側に装備されていた大型のタンクを切り離した。

『お行きなさいっ、ベルトリオンッ！』

「おうっ！」

ボムッ

孝太郎が前に出る。その瞬間、大型タンクが破裂《はれつ》した。すると中に大量に詰まっていたものが周囲に撒《ま》き散らされた。

『インフォメーションメッセージ。機体の温度が危険域を脱《だつ》しました』

「でかしたぁっ、クラァンッ!!」

孝太郎はウォーロードを突っ込ませる。準備していたので、一瞬《いっしゅん》の遅延《ちえん》もなかった。

『馬鹿なっ、一体何が起こったというのだっ!?』

孝太郎が血の海に沈《しず》む時を楽しみにしていたマクスファーンは、目の前で起こっている事が信じられなかったし、技術的な意味も分からなかった。だがこの世界に復活して幾らか過ごしたグレバナスには分かっていた。

『冷却剤《れいきゃくざい》のタンクッ!?　防御専門の無人機だから、大型のものが装備され――――やられたっ!!』

天井の穴に張り付いて歪曲場を展開していた機動兵器。元々の仕事が防御なので大型のジェネレーターを装備しており、それは宇宙空間での使用に備えて大型の冷却剤のタンクが搭載《とうさい》されていた。そのタンクを使ってウォーロードを冷却する。とはいえチャンスは一度きり、効果もとても短い。だがクランを信じて待った孝太郎だから、その唯一《ゆいいつ》のチャンスを逃《のが》さなかった。

「エンジニアの差が出たなっ、グレバナスッ！　俺の姫様《ひめさま》は天才だっ！」

『おのれぇっ、またしてもぉぉおっ！』

グレバナスの表情が歪む。だが彼《かれ》の表情を更《さら》に歪めさせる事が起こった。

「メンディング、クーリング、リデュースフリクションッ！」

『各部の温度が正常値まで低下、安定動作中』

クランの意図を悟《さと》った真希が、新たに幾つか魔法を発動させた。それは修理、冷却、摩《ま》擦《さつ》低減といった魔法だ。もちろん真希には工学的な知識が少ないので、その効果は限定的だ。だがこの瞬間に限ればどんな支援《しえん》も必要だろう。実際、クランと真希の努力によってウォーロードは最初の動きを取り戻《もど》していた。

『馬鹿なっ、何故《なぜ》こうなるっ!?　あと一歩だったというのにっ!!』

迫るウォーロードに向かって零式が攻撃を繰り返す。レーザー、高機動ミサイル、ビームショットガン、どれも高機動機を倒す為の兵器だったが、その全てが空を切った。

「ミラーイメージ！　ブリンクッ！」

ウォーロードは単に速度で上回っただけでなく、分身したり超短距離《ちょうたんきょり》の瞬間移動を行ったりと、様々な方法で身を守った。対する零式には、そうやって迫るウォーロードを止める手段がなかった。

「おおおぉぉぉおおぉぉおぉおっ！」

「シールド！」

ガッ
最後は真希が空中に展開した防御魔法《ぼうぎょまほう》をウォーロードが蹴《け》り付け、空中でほぼ直角に曲がるという常識外の機動で零式の目の前に出現する。

「ゴアアァアァァアァァアァッ！」

その動きに翻弄《ほんろう》された零式に出来た事は、防御用の歪曲場を展開する事だけ。しかしそれも雷光《らいこう》で煌《きら》めくシグナルティンの力の前では、余りにも頼《たよ》りない守りだった。

「いけー、孝太郎っ！　ほーむらんだぁぁぁぁっ!!」

「こいつで終わりだぁぁぁぁぁっ！」

ジャキイイイン
まるで稲妻《いなずま》のような動きで接近したウォーロードは、零式の歪曲場を粉砕《ふんさい》。そのまま剣を振《ぬ》り抜いた。

ボンッ
その直後、ウォーロードの右膝《みぎひざ》が火を吹《ふ》き、その機体が大きく傾《かたむ》く。やはり最後の直角ターンの負荷が尋常《じんじょう》ではなかったのだ。流石に限界だった。

ドンッ

続いて大きな爆発が一つ。零式が爆発したのだ。ウォーロードの最後の一撃は、零式を見事に両断していたのだった。

零式の爆発により、格納庫内は半壊《はんかい》。停電状態となった。幸い格納庫の外殻《がいかく》部分は残っていたので、再び無人機で穴を塞いで『廃棄物《はいきぶつ》』の流出は防がれた。だが良い事ばかりではない。モニターからはマクスファーン達《たち》の姿が消え、非常電源に切り替《か》わった後もその姿は戻らなかった。

『里見さん、こっちも終わったわ』

「やれやれ、これでようやく終わりか……」

ナナから報告を受けた孝太郎は、シグナルティンを鞘《さや》に戻した。そして近くに転がっていた木箱に腰《こし》を下ろし、大きく溜め息をついた。

『これからそっちへ戻るわね』

「一応気を付けて下さい」

『ありがとう。それじゃまた後で』

戦いは孝太郎達の勝利で終わった。やはり零式の撃破《げきは》後は孝太郎達のペースだった。ティアが敵機を撃墜した事で『朧月《ろうげつ》』からは続々と援軍が来ていたし、マクスファーン達が通信手段を失った事も大きかった。グレバナスからの指示が来なくなった事で死霊《しりょう》の兵士達は大きく弱体化、孝太郎達と『タウラス・コボンの夜明け団』の連携《れんけい》で順番に倒されていった。そしてたった今ナナから、最後の一体を倒したと報告があったところだった。

「青騎士《あおきし》」

そんな時、『タウラス・コボンの夜明け団』を率いていた分隊長が孝太郎のところへやってきた。戦いが終わったのは彼も知っていたが、この時の表情はそれを感じさせない、酷く真剣《しんけん》なものだった。

「バークレイン、何人残った？」

「………五十八人だ」

「そうか………」

当初二百人いた『タウラス・コボンの夜明け団』は、最終的に五十八人まで数を減らしていた。大半が生ける屍に変わり、残りは戦死した。生存した五十八人も多くが重傷を負っている。状況《じようきよう》から考えると、五十八人の生存は奇跡《きせき》と言って良いだろう。だが孝太郎もバークレインも、それを喜ぶ気にはなれなかった。

「何故お前が悲しむ？　戦いは終わった。俺達《おれたち》はもう敵同士だ」

バークレインが孝太郎を攻撃しないのは、けじめをつける為《ため》だ。決して仲間になった訳ではない。だから孝太郎にも兵士達の犠牲《ぎせい》を悼《いた》む理由はない。むしろ本来なら、孝太郎に倒されていたかもしれないのだ。

「かもな。だが……アライア陛下はこの結果を喜ばないだろう」

孝太郎の方も分かっている。バークレイン達は敵に戻った。しかし孝太郎は思うのだ。二千年前の世界で出逢《であ》った心優《こころやさ》しき少女は、それでも彼らの死を悼むだろうと。

「……国を守るとはそういう事、か……」

自嘲的《じちようてき》に笑う孝太郎を見て、バークレインは小さくそう呟《つぶや》く。

「うん？」

バークレインの呟きは孝太郎の耳にも届いたが、内容までは伝わっていない。孝太郎は自然と訊《き》き返した。

「なんでもない、こっちの話だ」

だが結局、バークレインは呟いた内容を孝太郎には伝えなかった。代わりに口にしたのは別れの言葉だった。

「では……俺達は行く」

「そうか。またな――いや、出来ればもう俺達の前には現れるなよ？」

次に会った時は敵同士だ。孝太郎としても倒さなければならなくなる。ファスタと同じく、再会は孝太郎にとってあまり嬉しくない出来事になるだろう。

「俺達を捕《つか》まえなくて良いのか？」

バークレインは不思議そうな顔をする。『タウラス・コボンの夜明け団』はまだ攻撃こそしていないが、争乱準備罪くらいの罪は冒《おか》している。孝太郎達には十分に逮捕《たいほ》する理由があった。

「今日はもう、戦いは十分だ。それに筋は通したい」

だが孝太郎はそうしなかった。戦いの中で口にした協力しようという言葉には、終わったら逮捕するという意味は含《ふく》まれていなかった。恐《おそ》らくバークレイン達もそうだっただろう。孝太郎はその時のお互《たが》いの意思を尊重したかった。これもまた、ファスタの時と同じだった。

「……分かった。さらばだ」

「だが宇宙戦艦は置いて行けよ？」

「安心しろ、もう操艦《そうかん》できる者が居ない」

「……そうか」

そうしてバークレインと『タウラス・コボンの夜明け団』は去っていった。不思議と彼らの敵意は緩《ゆる》んでいた。最後に孝太郎に向けた声も、皇国軍を見る瞳《ひとみ》にも、敵に向ける様な感情は含まれていなかった。

「あれで、良かったの？」

ずっと傍にいた真希が口を開いたのは、バークレイン達の姿が見えなくなり、二人きりになった後の事だった。

「ああ。さっきも言ったけど、戦いはもう十分だよ」

「そう……」

真希の言葉は少なかった。その代わり、彼女は行動した。木箱に座《すわ》ったままの孝太郎、その頭を両手でそっと抱《だ》き締《し》めた。

「藍華さん？」

「貴方《あなた》のせいじゃないわ。貴方は精一杯《せいいっぱい》やった」

「……でも、五十八人しか、助けられなかったよ……」

「そうね……とても、残念だったわ……でも、貴方のせいじゃない。どんな人にも、全ては救えないのよ………」

「分かっている、つもりなんだが………」

そして真希は泣いた。

木箱に座ったまま、ただじっと格納庫を見つめている孝太郎の代わりに。

エルファリアの鼓動　十一月二十六日（土）

孝太郎《こうたろう》が目を醒ました時、目の前にはエルファリアの顔があった。それで孝太郎は思い出した。戦いが終わって皇宮《こうぐう》に帰って来たんだった、と。

「………悪い夢でもご覧になりましたか？」

エルファリアはいつかのように孝太郎の胸を撫《な》でてくれていた。彼女は少し前に中庭で寝《ね》ている孝太郎に気付いた。そしてそれからずっと傍に居た。孝太郎にはそれが必要だと思ったからだった。

「そんなところかな………」

孝太郎は彼女と話をする為に身体を起こそうとした。だがその途中《とちゆう》で自分の胸に当てられたエルファリアの手に気付き、再びその頭を彼女の膝《ひざ》の上へ戻した。そしてそのまま話し始める。

「……すまん、エル。空振《からぶ》りだった。やっぱり簡単にはいかないな」

報告は彼女にも届いている筈だったが、孝太郎は改めて詫《わ》びた。孝太郎達がタウラス・コボンへ向かったのはマクスファーン達へ繋がる手掛《てが》かりを求めての事だ。だが結果は芳《かんば》しくない。そもそもその用途《ようと》故に、あの拠点《きょてん》には殆ど手掛かりがなかった。唯一の手掛かりは通信とそのログだったが、幾《いく》つもの中継《ちゅうけい》地点を経由してカモフラージュされており、クランをもってしてもその出所は掴《つか》めなかった。

「いいえ、これで色々な事が分かりました。何の成果もなかった訳ではありません」

だがエルファリアは十分だと言わんばかりに微笑《ほほえ》んでいた。そしてまた孝太郎の胸を撫でる。やはりその手は優《やさ》しかった。

「どういう事だ？」

「敵は手段を選びません。きっと同じような工場が幾つもあると予想されます」

「あんなものが沢山《たくさん》……」

孝太郎の表情が厳しくなる。あのような悲劇が他の場所でも起こっているのであれば、由々《ゆゆ》しき事態だった。

「しかしご安心下さい。コータロー様達のおかげで運《はこ》び込《こ》まれるであろう物資の傾向《けいこう》が分かりました。それを手掛かりに、他の拠点を見付ける事が出来る筈です」

「なるほど、同じような傾向の物資を運ぶ船が向かう星――って事か」

確かに手掛かりはなかった。だが搬入《はんにゅう》された物資と、その時に使われた輸送方法についての記録は残っていた。その中には希少な物質も含まれており、追跡《ついせき》する時に非常に分かり易《やす》い目印となる。それを追えば他の拠点を見付けられるだろう。つまり孝太郎が落ち込む必要がないくらいには、目的は達成されていたのだ。だからエルファリアは微笑んでいた。

「しかも今、輸送業界は私達に協力的です」

例の『青騎士《あおきし》関連事業認定《にんてい》マーク』のお陰で、輸送業界はどこも行政に協力的だ。手を回せば希少な物質の追跡に協力して貰《もら》える筈だった。

「……悪い奴《やつ》だな、お前は」

孝太郎は小さく苦笑《くしょう》する。ようやく孝太郎が笑顔《えがお》になったのに気付き、エルファリアは少しだけ笑顔の質を変えた。

「コータロー様の――いえ、私の幸せの為なら、悪党にもなりましょう」

「……お前に愛されている国民は幸せ者だ」

最近分かってきた事だが、エルファリアは孝太郎が思っていた以上に、国と国民に尽くしている。それは孝太郎にアライアを思い起こさせる程の献身《けんしん》だった。

「私が愛しているのは貴方です、コータロー様」

それは国と国民を愛していないという意味ではない。皇帝《こうてい》としての彼女《かのじょ》は、間違《まちが》いなく国と国民を一番に愛している。だが一人の女性としては、孝太郎を愛している。そういう意味の言葉だった。

「ごほっ、ごほごほっ」

そんなエルファリアの言葉で、孝太郎が彼女を褒《ほ》める気持ちは跡形《あとかた》もなく消し飛んでしまっていた。

「私は、貴方が守りたいと願うものを、命に代えても守ります」

孝太郎はフォルトーゼとそこに住む人々を愛している。だから結局は女性としてのエルファリアも、国と国民を守ろうとする。愛する男性が国と人々の幸福を望む以上、皇帝としての思いと同じくらい、そう思っているかもしれなかった。

「あっ、あいって……ぐほっ、ごほっ、ごほほっ」

驚きのあまり、むせる孝太郎。そんな孝太郎の様子を見て、エルファリアは楽しそうに笑った。

「ふふふ………冗談《じょうだん》ですよ」

そしてまた孝太郎の胸を撫でる。それがむせている孝太郎の為か、あるいは彼女の深い愛ゆえかは分からない。むせている最中だった孝太郎は、この時の彼女の手の動きには気付いていなかった。

「ごほっ、じょ、冗談か………まったく、脅《おど》かすなよ………」

孝太郎がむせたのは、彼女の言葉から真実味《しんじつみ》を感じたからだ。だから驚いた。しかしどうやら気のせい、いつもの冗談であるようだった。

「いいえ、実は本気です」

「………流石にもう引っ掛《か》からないぞ」

「………冗談の方が、よろしいのですか………?」

この言葉を口にした時だけ、エルファリアの瞳は真剣だった。だが孝太郎はそれに気付かず、これまで通りの調子で答えた。

「どちらかというと………これ以上お前に甘《あま》えていると、二度と立ち上がれなくなりそうだったからさ」

孝太郎自身も不思議なのだが、最近のエルファリアからは吸《す》い込まれそうな感覚を味わう事があった。彼女が笑っている時や、無言で胸を撫でてくれている時がそうだ。それが不快な訳ではない。しかしそれに身を任せていると時間ばかりが過ぎていくから、立場上そういう訳にもいかない孝太郎だった。

「だから冗談で助かった」

「そうですか……では、もうしばらくは冗談です」

エルファリアは微笑んでいた。とても楽しそうに、とても幸せそうに。そして彼女はそのしなやかな指先で孝太郎の胸を優しく撫で続ける。

「あはははは、お前には敵《かな》わないよ、まったく……」

孝太郎は今もその吸い込まれそうな感覚を味わっていた。だがそれが冗談だというのなら、放っておいても遠からず終わるだろう。だから孝太郎は笑いながら、そっとその両目を閉じたのだった。

生ける屍の製造拠点を一つ失った事は、マクスファーン達にとって大きな痛手だった。どちらかと言えば孝太郎達を倒せなかった事より、その方が大きな問題だった。

「……まったく腹立たしい限りだ」

ギィッ

マクスファーンは不機嫌《ふきげん》そうな顔で執務室《しつむしつ》の椅子《いす》に寄り掛かる。椅子は高級品で背もたれは柔《やわ》らかいものだったが、彼の不満を和《やわ》らげるほどではなかった。

『左様ですな。向こうも座して待つ訳ではなかったようです』

グレバナスも同様だった。予期せぬタイミングでのこの損失は大きな痛手だった。だが性格の違いもあって、マクスファーン程に露骨《ろこつ》な反応ではない。しかしその額に刻まれた皺《しわ》はいつもより深かった。

『それでも……反政府勢力を直接こちらへ合流させない手法は、やはり効果的だったようですな』

「尻尾《しっぽ》は掴ませなかったか？」

『はい。トカゲが尻尾を掴まれた時は、なるべく胴体《どうたい》から離れた部分で切り離す……用心した甲斐《かい》があったようでございます』

「兵力は欲《ほ》しいが、情報の流出は最小限に。しばらくこの路線を継続《けいぞく》せねばならんな」

だが不幸中の幸いだろう、皇国軍には大した手掛かりを与《あた》えずに済んだ。そもそもその為に反政府勢力を材料にした訳なので、施設《しせつ》を失う以上の被害《ひがい》にはならなかった。

「しかしやられっぱなしというのも性に合わん。ここらで一つこちらから手を打とう」

それでも笑って許せる出来事ではない。マクスファーンはこの時、報復する事を考えていた。受けた被害を大きく上回る報復を。

『どうなさいますか？』

「ふふふ、奴らのアキレス腱《けん》を狙《ねら》う。お前も散々手を焼いてきただろう？」

『なるほど……確かにそこは狙い目ですな！』

マクスファーンの言葉を聞くと、グレバナスの干涸《ひから》びた顔が明らかな笑顔に変わる。狙いの中にはグレバナスが大きな恨《うら》みを抱く相手も含まれていたのだ。

「フハハハハハッ、さあ、どうするのかな、青騎士《あおきし》よ‼　果たして全てを守り切れるのかな⁉」

大笑《たいしょう》するマクスファーンの視線は、執務室の三次元モニターに向けられている。そこには三人の人間の顔が映し出されていた。クラン、ルース、キリハ――――それはこれまでずっと孝太郎達《たち》に道を示してきた、頭脳派の三人だった。

ころな陸戦規定
NEW!
2011/11/26
第三十八条
二〇二二年十一月二十六日(土)に実施予定だった会議を翌日に延期し、延期の理由を最高機密に指定する。
第三十八条補足
ティアミリスさん、何を見ているんですか? ハルミ、ここからそっと覗いてみよ。の、覗きですか!? 静かにせい。そっとじゃ、そっと。………ああ、なるほど。これもそっとしておきましょう。うむ、そういう事じゃ。

あとがき

祝!! 小説『六畳間の侵略者!?』十五周年&アニメ化十周年（厳密にはアニメの十周年は七月です（笑））!!

皆さんお久しぶりです、著者の健速《たけはや》です。最初に触れましたが、この巻が発売になる三月の時点で拙作『六畳間の侵略者!?』は十五周年を迎える事になりました。ライトノベルでここまで来られる作品はそうないと思いますので、これもひとえにファンの皆様が支えて下さったおかげだと思います。本当にありがとうございます。そしてだからこそ、作品をきちんと完結させられるように進めて参りますので、引き続き応援をよろしくお願い致します。

という訳で小説は十五周年な訳ですが、実はアニメ化から数えると今年が十周年という年でもあります。放送開始が七月だったので厳密にはちょっと早いのですが（笑）、このアニメ化十周年を記念して『全話いっき見ブルーレイ』というものが今月末、三月二十七日に発売となります。詳細は多分、この本の帯に書かれていると思いますので、そちらでご確認ください。電子版だったりする方は、ネットやSNSから検索して頂ければと思います。多分、発売日が近くなればメーカーさんからアナウンスがあったり、私がそれをリポストしたりすると思います。

いやー、それにしてもこの十五年、色々な事がありましたね。開始当初は美少女ゲームの仕事も並行してやっていたんですけれど、丁度あの業界が傾き始めた時期でした。その内情は申し上げられませんが、多くのメーカーが消えていった状況から、お察し頂けるのではないかと思います。そういう状況を経験してきた事もあって、この作品は当初から責任を持って終わらせられるように作ろうと心に決めていました。どのタイミングからでも終われるようにデザインしたのはその為でもありますし、HJ文庫に突然隕石が落ちたとかの、本当にどうしようもない状況になったら同人で続けようかとも考えていました。幸いそういう事にはならず、ここまで来る事が出来ました。その間にもサブカル方面では大事件が頻発。すぐに思い付く範囲だけでも、震災で工場が動かなくなって出版社もゲームメーカーも大騒ぎ。最近も中国でゲーム規制が強化されるようで知り合いが右往左往していました。六畳間関連でも例の感染症問題で、英語版の出版が少し遅れたりもしました。だから本当によくここまでこれたなと思います。重ねてになりますが、ファンの皆さん、本当にどうもありがとうございました。

そうそうゲームで思い出しましたが、実は現在こっそりとゲームを作っています。一般向けのアドベンチャーゲームですが、守秘義務があるので詳細はまだ言えません。ただタイミング的に、恐らくこの本が出た頃には第一報が出ているのではないかと思います。でも実際はまだよく分かりません。第一報が出てないかもしれません。ともかく情報が出たらその時点で私のX（旧Twitter）でリポストすると思いますので、気になった方はご覧いただければと思います。

さて、そろそろこの本の中身にも触れておこうかな。この巻では遂にマクスファーンが復活し、活動を開始しました。それに対するのが孝太郎一行とフォルトーゼ皇家。その結果、最近はしばしばエルファリアにスポットライトが当たるようになりました。このエルファリアというキャラクターは言わずと知れたティアの母親なのですが、実はもう一つ大きな役割があります。それは晴海程ではありませんが、アライアの後継者としての役割です。今回はその辺りを含め、エルファリアの事を少しお話しようかと思います。

（この先の内容はこの巻の内容を含んでいます。未読の方はご注意下さい）

アライアは最後まで皇帝としての役目を果たし、没後はシグナルティンの契約に導かれて晴海に生まれ変わりました。普通の女の子になって、誰よりも早く逢いに行く――そんなアライアの願いは晴海によって果たされる事になります。しかしアライアの要素が全て晴海に受け継がれている訳ではありません。彼女が普通の女の子になる過程で、薄れてしまった要素があります。それはやはりアライアの皇族としての要素。晴海もそれは幾らかは受け継いでいますが、普通の女の子としての彼女を越えるほどではありません。その皇族としてのアライアの要素を最も色濃く受け継いでいるのが、現皇帝でもあるエルファリアです。

エルファリアの行動は多くがアライアと同じです。国と国民を愛し、フォルトーゼの発展と守護に心血を注いでいます。それは自分の命や名誉よりも優先されます。しかしエルファリアはやり口があくどいので、その事が周囲には伝わり難かったかもしれません。この差はやはり彼女の個性によるもので、アライアの要素を受け継ぎつつもエルファリア自身の個性が別の行動を取らせています。また時代の変化も影響が大きいです。現代はアライアの時代ほど物事が単純ではありませんから、やり口も複雑になる訳です。

そんなエルファリアとアライアですが、この二人には共通しているものもあります。それは孝太郎へ向ける感情です。二人はその感情を表に出そうとはしませんでした。アライアはいずれ未来へ帰る孝太郎の足を引っ張りたくありませんでしたし、エルファリアは年上で既婚者かつ皇帝でもある事が障害となっていました。つまりアライアは未来が、エルファリアは過去がその行動の邪魔になっていたのです。二人は孝太郎を間に挟み、丁度鏡合わせになるようにデザインされています。そしてアライアは晴海になる事でこの状況を突破し、その時に残った皇帝の要素を帯びたエルファリアはティアに諭されて決断に至ります。孝太郎君は普通の人間のまま英雄になったせいで悩みを抱え、エルファリアはそんな悩みを癒すべく皇帝のまま彼のもとへ舞い降りました。結果的に普通の少女も偉大な皇帝も、その問題を解決した事になるでしょう。孝太郎君にとっては災難（？）ではあるのでしょうが。

という状況にあるエルファリアですが、この時代の皇帝として舞台へ上がる準備が整って来ました。その辺りの事はこの巻を読んでいる皆さんはお分かり頂けているのではないかと思います。この先は二千年前と同様に、孝太郎達と手を取り合ってマクスファーン一派と戦っていく事になります。そんな当代の皇帝エルファリアの活躍にも注目して頂ければと思います。

そして次の巻の話ですが、次は遂にピンチが訪れる頭脳派三人のお話です。どういう構図になるかはまだ検討中ですが、普段引きこもり気味の三人が久しぶりに表に出る話にはしようかと思っています。ルース、キリハ、クランの三人がどんなトラブルに遭遇するのか、楽しみにお待ち下さい。

そろそろページも尽きて来ました。最後にいつもの御挨拶を。

この本を出版するにあたってご尽力頂いたHJ文庫編集部並びに関連企業の皆様、この十五年を二人三脚で一緒に突き進んでくれているイラスト担当のポコさん、そして四十五冊目になるこの巻を以前と変わらずに手に取って下さった読者の皆様に、心より御礼を申し上げます。

それでは四十六巻のあとがきで、またお会いしましょう。

二〇二四年　二月
健速

単行本①～⑤巻
好評発売中!
原作/健速
キャラクター原案/ポコ
漫画/有池智実
堂々完結!!!

コミック版
漫画:六畳間の侵略者!?
ファイアCROSS
firecross.jpにて配信中!

HJ文庫 https://firecross.jp/
1147

六畳間の侵略者!? 45

2024年3月1日　初版発行

著者――健速

発行者―松下大介
発行所―株式会社ホビージャパン

〒151-0053
東京都渋谷区代々木2-15-8
電話　03(5304)7604（編集）
03(5304)9112（営業）

印刷所――大日本印刷株式会社

装丁――渡邊宏一／株式会社エストール

Printed in Japan

ISBN978-4-7986-3460-9　C0193

ファンレター、作品のご感想
お待ちしております

〒151−0053　東京都渋谷区代々木2−15−8
(株)ホビージャパン HJ文庫編集部 気付
健速 先生／ポコ 先生